遼寧省圖書館藏陶湘舊藏閔凌刻本集成

2

蘇文忠公策選·蘇長公表啓·蘇長公密語

遼寧省圖書館 編

中華書局

第二册目録

蘇文忠公策選十二卷（卷九—卷十二）

蘇長公表三卷啓二卷（表）

蘇文忠公策選十二卷（卷九—卷十二）

〔宋〕蘇軾　撰
〔明〕茅坤、鍾惺　評

明閔氏刻三色套印本

蘇文忠公策論目

卷九論選

蘇文忠公論選卷之九

歸安鹿門茅坤
景陵伯敬鍾惺　批評

孔子論

蘇子曰此孔子之所以聖也（一句起）蓋田氏六卿不服則齊晉無不亡之道三桓不臣則魯無可治之理孔子之用於世其政無急於此者矣彼晏嬰者亦知之曰田氏之僭惟禮可以已之在禮家施不及國大夫不收公利齊景公曰善哉吾今而後知禮之

此一較量尤易明

可以爲國也嬰能知之而莫能爲之嬰非不賢也其浩然之氣以直養而無害塞乎天地之間者不及孔孟也孔子以羈旅之臣得政期月而能舉治世之禮以律亡國之臣墮名都出藏甲而三桓不疑其害已此必有不言而信不怒而威者矣孔子之聖見於行事至此爲無疑也嬰之用於齊也久於孔子景公之信其臣也愈於定公而田氏之禍不少衰吾是以知孔子之難也

不知何故轉入別調

孔子以哀公十六年卒十四年陳恒弑其君孔子沐浴而朝告於哀

公請討之吾是以知孔子之欲治列國之君臣使
如春秋之法者至於老且死而不忘也或曰孔子
知哀公與三子之必不從而以禮告也歟曰否孔
子實欲伐齊孔子既告公公曰魯爲齊弱久矣子
之伐之將若之何對曰陳恒弑其君民之不予者
半以魯之衆加齊之半可克也此豈禮告而已哉
哀公患三桓之偪常欲以越伐魯而去之夫以蠻
夷伐國民不予也臯如出公之事斷可見矣豈若
從孔子而伐齊乎若從孔子而伐齊則凡所以勝

前後皆是田氏亦偶一奇也一句结亦不了語

齊之道孔子任之有餘矣旣克田氏則魯之公室自張三桓不治而自服也此孔子之志也

孔子之所以聖不盡於用魯而子瞻于孔子之用魯已見得分明

子思論

昔者夫子之文章非有意於文是以未嘗立論也所可得而言者唯其歸於至當斯以爲聖人而已矣夫子之道可由而不可知可言而不可議此其不爭爲區區之論以開是非之端是以獨得不廢以與天下後世爲仁義禮樂之主夫子旣沒諸子之欲爲書以傳於後世者其意皆存乎爲文汲汲乎惟恐其汩没而莫吾知也是故皆喜立論論立而爭起自孟子之後至於荀卿楊雄皆務爲相攻

之說其餘不足數者紛紜於天下嗟夫夫子之道
不幸而有老聃莊周楊朱墨翟田駢慎到申不害
韓非之徒各持其私說以攻乎其外天下方將惑
之而未知其所適從奈何其弟子門人又內自相
攻而不決千載之後學者愈衆而夫子之道益晦
而不明者由此之故歟昔三子之爭起於孟子孟
子曰人之性善是以荀子曰人之性惡而楊子又
曰人之性善惡混孟子既已據其善是故荀子不
得不出於惡人之性有善惡而已二子既已據之

是以楊子亦不得不出於善惡混也爲論不求其精而務以爲異於人則紛紛之說未可以知其所止且夫夫子未嘗言性也蓋亦嘗言之矣而未有必然之論也孟子之所謂性善者皆出於其師子思之書子思之書皆聖人之微言篤論孟子得之而不善用之能言其道而不知其所以爲言之名舉天下之大而必之以性善之論昭昭乎自以爲的於天下使天下之過者莫不欲援弓而射之故夫二子之爲異論者皆孟子之過也若夫子思之

論則不然曰夫婦之愚可以與知焉及其至也雖
聖人亦有所不知焉夫婦之不肖可以能行焉及
其至也雖聖人亦有所不能焉聖人之道造端乎
夫婦之所能行而極乎聖人之所不能知造端乎
夫婦之所能行是以天下無不可學而極乎聖人
之所不能知是以學者不知其所窮夫如是則惻
隱足以爲仁而仁不止於惻隱羞惡足以爲義而
義不止於羞惡此不亦孟子之所以爲性善之論
歟子思論聖人之道出於天下之所能行而孟子

發難顯之意

論天下之人皆可以行聖人之道此無以異者而子思取必於聖人之道孟子取必於天下之人故夫後世之異議皆出於孟子而子思之論天下同是而莫或非焉然後知子思之善爲論也

雖非知思孟之學者而其文自圓

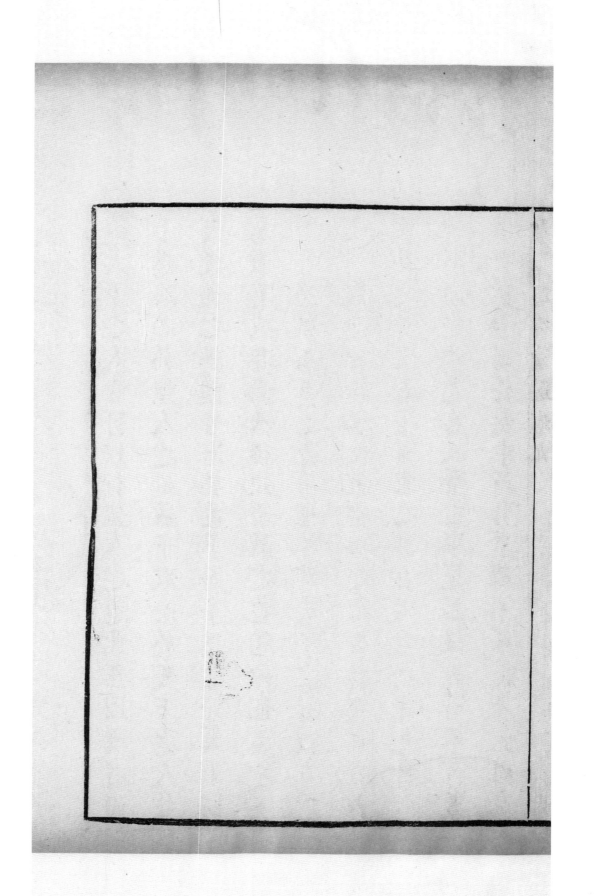

此篇縱恣不羈

孟軻論

昔者仲尼自衛反魯網羅三代之舊聞蓋經禮三百曲禮三千終年不能究其説夫子謂子貢曰賜爾以吾爲多學而識之者與非也予一以貫之天下苦其難而莫之能用也不知夫子之有以貫之也是故堯舜禹湯文武周公之法度禮樂刑政與當世之賢人君子百家之書百工之技藝九州之內四海之外九夷八蠻之事荒忽誕謾而不可考者雜然皆列於胸中而有卓然不可亂者此固有

用此一段全不拘拘

以一之也是以博學而不亂深思而不惑非天下
之至精其孰能與於此盖嘗求之於六經至於詩
與春秋之際而後知聖人之道始終本末各有條
理夫王化之本始於天下之易行天下固知有父
子也父子不相賊而足以爲孝矣天下固知有兄
弟也兄弟不相奪而足以爲悌矣孝悌足而王道
備此固非有深遠而難見勤苦而難行者也故詩
之爲教也使人歌舞佚樂無所不至要在於不失
正焉而已矣雖然聖人固有所甚畏也一失容者

兩段

暗接前意

禮之所由廢也一失言者義之所由亡也君臣之
相攘上下之相殘天下大亂未嘗不始於此道是
故春秋力爭於毫釐之間而深明乎疑似之際截
然其有所必不可爲也不觀於詩無以見王道之
易不觀於春秋無以知王政之難自孔子沒諸子
各以所聞著書而皆不得其源流故其言無有統
要若孟子可謂深於詩而長於春秋者矣其道始
於至粗而極於至精充乎天地放乎四海而毫釐
有所必計至寬而不可犯至密而可樂者此其中

必有所守而後世或未之見也且孟子嘗有言矣人能充其無欲害人之心而仁不可勝用也人能充其無欲爲穿窬之心而義不可勝用也士未可以言而言是以言餂之也可以言而不言是以不言餂之也是皆穿窬之類也唯其不爲穿窬也而義至於不可勝用唯其未可以言而言可以言而不言也而其罪遂至於穿窬故曰其道始於至粗而極於至精充乎天地放乎四海而毫釐有所必計嗚呼此其所以爲孟子歟後之觀孟子者無觀

一轉便精神

之他。亦觀諸此而已矣。

此作似未盡長公平生

蘇氏父子於聖學及老氏之學並未能達故其議

論多𠿅茫然而行文處特圓矣

以其所傳攻其所蔽荀卿當深服

寫出千古來一執拗乖戾之人皆為荊公而發

氣間

荀卿論

嘗讀孔子世家觀其言語文章循循莫不有規矩不敢放言高論言必稱先王然後知聖人憂天下之深也茫乎不知其畔岸而非遠也浩乎不知其津涯而非深也其所言者匹夫匹婦之所共知而所行者聖人有所不能盡也嗚呼是亦足矣使後世有能盡吾說者雖為聖人無難而不能者不失為寡過而已矣子路之勇子貢之辯冉有之智此三者皆天下之所謂難能而可貴者也然三子者

拓去

毋不爲夫子之所悅顔淵默然不見其所能若無以異於衆人者而夫子亟稱之且夫學聖人者豈必其言之云爾哉亦觀其意之所嚮而已夫子以爲後世必有不足行其說者矣必有竊其說而爲不義者矣是故其言平易正直而不敢爲非常可喜之論要在於不可易也昔者常怪李斯事荀卿既而焚滅其書大變古先聖王之法於其師之道不啻若寇讎及今觀荀卿之書然後知李斯之所以事秦者皆出於荀卿而不足怪也荀卿者喜爲

却說得透

空中色相此是長公平生得手處

異說而不讓敢爲高論而不顧者也其言愚人之所驚小人之所喜也子思孟軻世之所謂賢人君子也荀卿獨曰亂天下者子思孟軻也天下之人如此其衆也仁人義士如此其多也荀卿獨曰人性惡桀紂性也堯舜僞也由是觀之意其爲人必也剛愎不遜而自許太過彼李斯者又特甚者耳今夫小人之爲不善猶必有所顧忌是以夏商之亡桀紂之殘暴而先王之法度禮樂刑政猶未至於絶滅而不可考者是桀紂猶有所存而不敢盡

必有所恃一句是一篇主意

一譬切

掉尾

结法似韓非

廢也。彼李斯者，獨能奮而不顧，焚燒夫子之六經，烹滅三代之諸侯，破壞周公之井田，此亦必有所恃者矣。彼見其師歷詆天下之賢人，自是其愚，以爲古先聖王皆無足法者，不知荀卿特以快一時之論，而荀卿亦不知其禍之至於此也。其父殺人報仇，其子必且行刼。荀卿明王道，述禮樂，而李斯以其學亂天下，其高談異論有以激之也。孔孟之論，未嘗異也，而天下卒無有及者。苟天下果無有及者，則尚安以求異爲哉！

结

韓非於老氏若不相及而太史遷獨以為申韓並原於道德之意東坡亦識得此意

讀荀卿韓非論知中庸所謂小人而無忌憚正指此一輩人徵獨荀韓即老莊亦在其中

韓非論

聖人之所爲惡夫異端盡力而排之者非異端之能亂天下而天下之亂所由出也昔周之衰有老聃莊周列禦寇之徒更爲虛無淡泊之言而治其猖狂浮游之說紛紜顛倒而卒歸於無有由其道者蕩然莫得其當是以忘乎富貴之樂而齊乎死生之分此不得志於天下高世遠舉之人所以放心而無憂雖非聖人之道而其用意固亦無惡於天下自老聃之死百餘年有商鞅韓非著書言治

先放寬一着

天下無若刑名之賢及秦用之終於勝廣之亂教化不足而法有餘秦以不祀而天下被其毒後世之學者知申韓之罪而不知老聃莊周之使然何者仁義之道起於夫婦父子兄弟相愛之間而禮法刑政之原出於君臣上下相忌之際相愛則有所不忍相忌則有所不敢不敢與不忍之心合而後聖人之道得存乎其中今老聃莊周論君臣父子之間汎汎乎若萍游於江湖而適相值也夫是以父不足愛而君不足忌不忌其君不愛其父則

申韓原於道德之意得此論始透

窺見韓非受病之原故說得偏辟如此

纏綿連轉反得快透

仁不足以懷義不足以勸禮樂不足以化此四者皆不足用而欲置天下於無有夫無有豈誠足以治天下哉商鞅韓非求爲其說而不得得其所以輕天下而齊萬物之術是以敢爲殘忍而無疑今夫不忍殺人而不足以爲仁而仁亦不足以治民則是殺人不足以爲不仁而不仁亦不足以亂天下如此則舉天下唯吾之所爲刀鋸斧鉞何施而不可昔者夫子未嘗一日易其言雖天下之小物亦莫不有所畏今其視天下眇然若不足爲者此

借此一翻是深文手段

結前

其所以輕殺人歟太史遷曰申子卑卑施於名實韓子引繩墨切事情明是非其極慘礉少恩皆原於道德之意嘗讀而思之事固有不相謀而相感者莊老之後其禍爲申韓由三代之衰至於今凡所以亂聖人之道者其弊固已多矣而未知其所終奈何其不爲之所也

掉尾

楊雄論

昔之爲性論者多矣而不能定於一始孟子以爲善而荀子以爲惡楊子以爲善惡混而韓愈者又取夫三子之說而折之以孔子之論離性以爲三品曰中人可以上下而上智與下愚不移以爲三子者皆出乎其中而遺其上下而天下之所是者於愈之說多焉嗟夫是未知乎所謂性者而以夫才者言之夫性與才相近而不同其别不啻若黑白之異也聖人之所與小人共之而皆不能逃焉

是眞所謂性也而其才固將有所不同今夫木得土而後生雨露風氣之所養暢然而遂茂者是木之所同也性也而至於堅者爲轂柔者爲輪大者爲楹小者爲桷桷之不可以爲楹輪之不可以爲轂是豈其性之罪耶天下之言性者皆雜乎才而言之是以紛紛而不能一也孔子所謂中人可以上下而上智與下愚不移者是論其才也而至於言性則未嘗斷其善惡曰性相近也習相遠也而已韓愈之說則又有甚者離性以爲情而合才以

爲性是故其論終莫能通彼以爲性者果泊然而
無爲耶則不當復有善惡之說苟性而有善惡也
則夫所謂情者乃吾所謂性也人生而莫不有飢
寒之患牝牡之欲今告乎人曰飢而食渴而飲男
女之欲不出於人之性也可乎是天下知其不可
也聖人無是無由以爲聖而小人無是無由以爲
惡聖人以其喜怒哀懼愛惡欲七者御之而之乎
善小人以是七者御之而之乎惡由此觀之則夫
善惡者性之所能之而非性之所能有也且夫言

性者安以其善惡爲哉雖然楊雄之論則固已近之曰人之性善惡混修其善則爲善人修其惡則爲惡人此其所以爲異者唯其不知性之不能以有夫善惡而以爲善惡之皆出乎性也而已夫太古之初本非有善惡之論唯天下之所同安者聖人指以爲善而一人之所獨樂者則名以爲惡天下之人固將卽其所樂而行之孰知夫聖人唯其一人之獨樂不能勝天下之所同安是以有善惡之辨而諸子之意將以善惡爲聖人之私說不以

疎乎而韓愈又欲以書傳之所聞一人之事迹而折夫三子之論區區乎以后稷之岐嶷文王之不勤朞鯀管蔡之迹而明之聖人之論性也將以盡萬物之理與衆人之所共知者以折天下之疑而韓愈欲以一人之才定天下之性且其言曰今之言性者皆雜乎佛老愈之說以爲性之無與乎情而喜怒哀樂皆非性者是愈流入於佛老而不自知也

性道自宋儒濂洛以後纔説得分明而舊家論性道

處不免癡人說夢矣然通篇因主論客因客見主自是
文家一法門

前後數段各自為說而綱目整然

韓愈論

聖人之道有趨其名而好之者有安其實而樂之者珠璣象犀天下莫不好奔走出力爭鬬奪取其好之不可謂不至也然不知其所以好之之實至於粟米蔬肉桑麻布帛天下之人内之於口而知其所以爲美被之於身而知其所以爲安此非有所役乎其名也韓愈之於聖人之道蓋亦知好其名矣而未能樂其實何者其爲論甚高其待孔子孟軻甚尊而拒楊墨佛老甚嚴此其用力亦不可

提綱

眉上眉下有此一句則文氣錯綜 ○一段

謂不至也然其論至於理而不精支離蕩佚往往自叛其說而不知昔者宰我子貢有若更稱其師以爲生民以來未有如夫子之盛雖堯舜之賢亦所不及其尊道好學亦已至矣然而君子不以爲貴曰宰我子貢有若智足以知聖人之汙而已矣若夫顏淵豈亦云爾哉蓋亦曰夫子循循焉善誘人由此觀之聖人之道果不在於張而大之也韓愈者知好其名而未能樂其實者也愈之原人曰天者日月星辰之主也地者山川草木之主也人

辨韓子三段說語藏形匿影令人讀去只如一條

者夷狄禽獸之主也主而暴之不得其爲主之道矣是故聖人一視而同仁篤近而舉遠夫聖人之所以爲異乎墨者以其有別焉耳今愈之言曰一視而同仁則是以待人之道待夷狄待夷狄之道待禽獸也而可乎

論理不精

餘波

教之使有能化之使有知是待人之仁也薄其禮而致其情不責其去而厚其來是待夷狄之仁也殺之有時而用之有節是待禽獸之仁也若之何其一之儒墨之相戾不啻若胡越而其疑似之間相去不能以髮宜乎愈之以爲

一也孔子曰汎愛衆而親仁仁者之爲親則是孔
子不兼愛也祭如在祭神如神在神不可知而祭
者之心以爲如其存焉則是孔子不明鬼也儒者
原鬼一段
之患患在於論性以爲喜怒哀樂皆出於情而非
原性一段
性之所有夫有喜有怒而後有仁義有哀有樂而
後有禮樂以爲仁義禮樂皆出於情而非性則是
相率而叛聖人之教也老子曰能嬰兒乎喜怒哀
樂苟不出乎性而出乎情則是相率而爲老子之
嬰兒也儒者或曰老易夫易豈老子之徒歟而儒

生意不死

者至有以老子說易。則是離性以爲情者。其弊固至此也。嗟夫君子之爲學。知其人之所長而不知其弊。豈可謂善學耶。

予竊以愈之闢佛老也特其門户之間而東坡所論尤猶不得乎其門而爲之言

蘇文忠公論選卷之十

歸安鹿門茅坤
景陵伯敬鍾惺　批評

易論

易者卜筮之書也挾策布卦以分陰陽而明吉凶此日者之事而非聖人之道也聖人之道存乎其爻之辭而不在其數數非聖人之所盡心也然易始於八卦至於六十四此其爲書未離乎用數也而世之人皆恥其言易之數或者言而不得其要

紛紜迂闊而不可解此高論之士所以不言歟夫易本於卜筮而聖人開言於其間以盡天下之人情使其爲數紛亂而不可考則聖人豈肯以其有用之言而託之無用之數哉今夫易之所謂九六者老陰老陽之數也九爲老陽而七爲少陽六爲老陰而八爲少陰此四數者天下莫知其所爲如此者也或者以爲陽之數極於九而其次極於七故七爲少而九爲老至於老陰苟以爲以極者而言也則老陰當十而少陰當八今少陰八而老陰

透處往往不勞

反當其下之六則又爲之說曰陰不可以有加於陽故抑而處之於下使陰果不可以有加於陽也而曷不曰老陰八而少陰六且夫陰陽之數此天地之所爲也而聖人豈得與於其間而制其予奪哉此其尤不可者也夫陰陽之有老少此未嘗見於他書也而見於易易之所以或爲老或爲少者爲夫揲蓍之故也故夫說者宜於其揲蓍焉而求之揲蓍之法曰卦一歸奇三揲之餘而以四數之得九而以爲老陽得八而以爲少陰得七而以爲

少陽得六而以爲老陰然而陰陽之所以爲老少者不在乎七八九六也七八九六徒以爲識焉耳老者陰陽之純也少者陰陽之雜而不純者也陽數皆奇而陰數皆偶故乾以一爲之爻而坤以二天下之物以少爲主故乾之子皆二陰而坤之女皆二陽老陽老陰者乾坤是也少陰少陽者乾坤之子是也揲蓍者其一揲也少者五而多者九其二其三少者四而多者八多少者奇偶之象也一爻而三揲蓍譬如一卦而三爻也陰陽之老少於

卦見之於爻而於爻見之於揲使其果有取於七
八九六則夫此三揲者區區焉分其多少而各爲
處果何以爲也今夫三揲而皆少此無以異於乾
之三爻而皆奇也三揲而皆多此無以異於坤之
三爻而皆偶也三揲而少者一此無以異於震坎
艮之一奇而二偶也三揲而多者一此無以異於
巽離兌之一偶而二奇也若夫七八九六此乃取
以爲識而非其義之所在不可以彊爲之說也

予嘗謂叙事理幽賾處能使不甚解者讀之了然

此文筆之妙

此一段文勢曲折之妙多誦之始見

詩論

自仲尼之亡六經之道遂散而不可解蓋其患在於責其義之太深而求其法之太切夫六經之道惟其近於人情是以久傳而不廢而世之迂學乃皆曲為之說雖其義之不至於此者必強牽合以為如此故其論委曲而莫通也夫聖人之為經惟其禮與春秋合然後無一言之虛而莫不可考然猶未嘗不近於人情至於書出於一時言語之間而易之文為卜筮而作故時亦有所不可前定之

透

說此其於法度已不如春秋之嚴矣而況詩者天下之人匹夫匹婦羇臣賤隸悲憂愉佚之所爲作也夫天下之人自傷其貧賤困苦之憂而自述其豐美盛大之樂上及於君臣父子天下興亡治亂之迹而下及於飲食牀第昆蟲草木之類蓋其中無所不具而尚何以繩墨法度區區而求諸其間哉此亦足以見其志之無不通矣夫聖人之於詩以爲其終要入於仁義而不責其一言之無當是以其意可觀而其言可通也今之詩傳曰殷其雷

急於求透而詞不欲盡說詩自應如此

在南山之陽出自北門憂心殷殷揚之水白石鑿鑿終朝采綠不盈一掬瞻彼洛矣維水泱泱若此者皆興也而至於關關雎鳩在河之洲南有樛木葛藟纍之南有喬木不可休息維鵲有巢維鳩居之喓喓草蟲趯趯阜螽若此者又皆興也其意以爲興者有所象乎天下之物以自見其事故凡詩之爲此事而作其言有及於是物者則必彊爲是物之說以求合其事蓋其爲學亦巳勞矣且彼不知夫詩之體固有比也而皆合之以爲興夫興之

漢儒說詩必

有此病

爲言猶曰其意云爾意有所觸乎當時時已去而不可知故其類可以意推而不可以言解也殷其雷在南山之陽此非有所取乎雷也蓋必其當時之所見而有動乎其意故後之人不可以求得其說此其所以爲興也嗟夫天下之人欲觀於詩其必先知比興若夫關關雎鳩在河之洲是誠有取於其摯而有別是以謂之比而非與也嗟夫天下之人欲觀於詩其必先知夫興之不可與比同而無彊爲之說以求合其當時之事則夫詩之意庶

乎可以意曉而無勞矣。

讀此始知漢儒宋儒皆不必能說詩而皆可以說詩

反跌起

第一層暗入

書論

愚讀史記商君列傳，觀其改法易令，變更秦國之風俗，誅秦民之議令者以數千人，黥太子之師，殺太子之傳，而後法令大行，蓋未嘗不壯其勇而有決也。曰：嗟夫，世俗之人不可以慮始，而可樂成也。使天下之人各陳其所知，而守其所學，以議天子之事，則事將有格而不得成者。然及觀三代之書，至其將有以矯拂世俗之際，則其所以告諭天下者，常丁寧激切，亹亹而不倦，務使天下盡知其君之心而又從而折其不服之意使天下皆信以爲如此而後從事其言廻曲宛轉譬如平人自相議論而詰其是非愚始讀而疑之以爲近於濡滞迂遠而無决然其使天下樂從而無黽勉不得已之意其事旣發而無紛紜異同之論此則王者之意也故常以爲當堯舜之時其君臣相得之心歡然樂而無間相與吁俞嗟歎唯諾於朝廷之中不啻若朋友之親雖其有所相是非論辨以求曲直之際當亦無足怪者及至湯武征伐之際周旋反覆

第二層睛說

自述其用兵之意以明曉天下此又其勢然也惟其天下既安君民之勢闊遠而不同天下有所欲爲而其匹夫匹婦私有異論於天下以齟齬其上之畫策令之而莫肯聽當此之時刑驅而勢脅之天下夫誰敢不聽從而上之人優游而徐譬之使之信之而後從此非王者之心誰能處而待之而不倦歟蓋盤庚之遷天下皆咨嗟而不悅盤庚爲之稱其先王盛德明聖而猶五遷以至於今今不承於古恐天之斷棄汝命不救汝灾既又恐其不

入題

從也則又曰汝罔暨余同心我先后將降爾罪暨乃祖先父亦將告我高后曰作大戮於朕孫蓋其所以開其不悟之心而諭之以其所以當然者如此其詳也若夫商君則不然以爲要使汝獲其利而何卹乎吾之所爲故無所求於衆人之論而亦無以告諭天下然其事亦終於有成是以後世之論以爲三代之治柔懦不決然此乃王霸之所以爲異也夫三代之君惟不忍鄙其民而欺之故天下有故而其議及於百姓以觀其意之所嚮及其

反應

急轉

反跌

前段轉折既竪此下却放悠揚之步

冷收

不可聽也則又反覆而諭之以窮極其說而服其不然之心是以其民親而愛之嗚呼此王覇之所爲不同也哉

挈出一事作議論三四層跌入極有法度○長公有感於商君变法之驟故于商周之書所以告戒其民處反覆為論要之王道以得民為本故易曰先甲三日後甲三日又曰已日乃孚而魯論亦曰君子信而後勞其民先王之使民原如此此篇紆徐曲折然亦稍開衰宋之門戶矣

只是胸中洞然○禮板物也制禮用禮言禮者胸中只是一活字惟其不活所以覺禮之板耳覺禮之板此禮之所以廢也

重在深思禮樂一句

禮論

昔者商周之際何其爲禮之易也其在宗廟朝廷之中籩豆簠簋牛羊酒醴之薦交於堂上而天子諸侯大夫卿士周旋揖讓獻酬百拜樂作於下禮行於上雍容和穆終日而不亂夫古之人何其知禮而行之不勞也當此之時天下之人惟其習慣而無疑衣服器皿冠冕佩玉皆其所常用也是以其人入於其間耳目聰明而手足無所忤其身安於禮之曲折而其心不亂以能深思禮樂之意故

其廉恥退讓之節睟然見於面而盎然發於其躬
夫是以能使天下觀其行事而忘其暴戾鄙野之
氣至於後世風俗變易更數千年以至於今天下
之事已大異矣然天下之人尚皆記錄三代禮樂
之名詳其節目而習其俯仰冠古之冠服古之服
而御古之器皿傴僂拳曲勞苦於宗廟朝廷之中
區區而莫得其紀交錯紛亂而不中節此無足怪
也其所用者非其素所習也而強使焉甚矣夫後
世之好古也昔者上古之世蓋嘗有巢居穴處汙

樽抔飲燔黍捭豚蕢桴土鼓而以爲是足以養生送死而無以加之者矣及其後世聖人以爲不足以大利於天下是故易之以宮室新之以籩豆鼎俎之器以濟天下之所不足而盡去太古之法惟其祭祀以交於鬼神乃始薦其血毛豚解而腥之體解而爓之以爲是不忘本而非以爲後世之禮不足用也是以退而體其犬豕牛羊實其簠簋籩豆鉶羹以極今世之美未聞其牽於上古之說選愞而不決也且方今之人佩玉服韍冕而垂旒拱

手而不知所爲而天下之人亦且見而笑之是何所復望於其有以感發天下之心哉且又有所大不安者宗廟之祭聖人所以追求先祖之神靈庶幾得而享之以安卹孝子之志者也是以思其平生起居飲食之際而設其器用薦其酒食皆從其生以冀其來而安之而後世宗廟之祭皆用三代之器則是先祖終莫得而安也蓋三代之時席地而食是以其器用各因其所便而爲之高下大小之制今世之禮坐於牀而食於牀上是以其器不

得不有所變雖正使三代之聖人生於今而用之亦將以爲便安故夫三代之視上古猶今之視三代也三代之器不可復用矣而其制禮之意尚可依倣以爲法也宗廟之祭薦之以血毛重之以體薦有以存古之遺風矣而其餘者可以易三代之器而用今世之所便以從鬼神之所安惟其春秋社稷釋奠釋菜凡所以享古之鬼神者則皆從其器葢周人之祭蜡與田祖也吹葦籥擊土鼓此亦各從其所安耳嗟夫天下之禮宏闊而難言自非

聖人而何以處此故夫推之而不明講之而不詳則愚實有罪焉唯其近於正而易行庶幾天下之安而從之是則有取焉耳

文特紆徐曲折可誦然言禮而於器之異宜何關于禮之大者

春秋刑書也胸中筆下只宜以平字對之

春秋論

事有以拂乎吾心則吾言忿然而不平有以順適乎吾意則吾言優柔而不怒天下之人其喜怒哀樂之情可以一言而知也喜之言豈可以爲怒之言耶此天下之人皆能辨之而至於聖人其言丁寧反覆布於方冊者甚多而其喜怒好惡之所在者又甚明而易知也然天下之人常患求而莫得其意之所主此其故何也天下之人以爲聖人之文章非復天下之言也妙而求之太過是以聖人之

言。更爲深遠而不可曉。且天下何不以巳推之也。
將以喜夫其人。而加之以怒之之言。則天下且以
爲病狂。而聖人豈有以異乎人哉。不知其好惡之
情。而不求其言之喜怒。是所謂大惑也。昔者仲尼
删詩於衰周之末。上自商周之盛王。至於幽厲失
道之際。而下訖於陳靈。自詩人以來。至於仲尼之
世。葢巳數百餘年矣。愚嘗怪大雅小雅之詩。當幽
厲之時。而稱道文武成康之盛德。及其終篇。又不
見幽厲之暴虐。此誰知其爲幽厲之詩。而非文武

以下總論讀春秋不必過求聖人之旨

成康之詩者蓋察其辭氣有幽憂不樂之意是以系之幽厲而無疑也若夫春秋二百四十二年之間天下之是非雜然而觸乎其心見惡而怒見善而喜則求其是非之際又可以求諸其言之喜怒之間矣今夫人之於事有喜而言之者有怒而言之者有怨而言之者喜而言之則其言和而無傷怒而言之則其言厲而不溫怨而言之則其言深而不洩此其大凡也春秋之於仲孫湫之來曰齊仲孫來於季友之歸曰季子來歸此所謂喜之之

八題

言也於魯鄭之易田曰鄭伯以璧假許田於晉文之召王曰天王狩於河陽此所謂怒之之言也於叔牙之殺曰公子牙卒於慶父之奔曰公子慶父如齊此所謂慾之之言也夫喜之而和怒之而厲慾之而深此三者無以加矣至於公羊穀梁之傳則不然日月土地皆所以爲訓也夫日月之不知土地之不詳何足以爲喜而何足以爲怒此喜怒之所不在也春秋書曰戎伐凡伯於楚丘而以爲衛伐凡伯春秋書曰齊仲孫來而以爲吳仲孫怒

而至於變人之國此又喜怒之所不及也愚故曰春秋者亦人之言而已而人之言亦觀其辭氣之所嚮而已矣

文甚嫋娜而見似未透

只是將聖賢言語句句說得有用

說透千古門外漢說得盡情

中庸上

甚矣道之難明也論其著者鄙滯而不通論其微者汗漫而不可考其弊始於昔之儒者求爲聖人之道而無所得於是務爲不可知之文庶幾乎後世之以我爲深知之也後之儒者見其難知而不知其空虚無有以爲將有所深造乎道者而自恥其不能則從而和之曰然相欺以爲高相習以爲深而聖人之道日以遠矣自子思作中庸儒者皆祖之以爲性命之說嗟夫子思者豈亦斯人之徒

斷的

歟。葢嘗試論之。夫中庸者。孔氏之遺書。而不完者也。其要有三而巳矣。三者。是周公孔子之所從以爲聖人。而其虛詞蔓延。是儒者之所以爲文也。是故去其虛詞而取其三。其始論誠明之所入。其次論聖人之道所從始。推而至於其所終極。而其卒乃始内之於中庸。葢以爲聖人之道。畧見於此矣。記曰。自誠明謂之性。自明誠謂之教。誠則明矣。明則誠矣。夫誠者何也。樂之之謂也。樂之則自信。故曰誠。夫明者何也。知之之謂也。知之則達。故曰明。

又生一意

夫惟聖人知之者未至而樂之者先入先入者爲
主而待其餘則是樂之者爲主也若夫賢人樂之
者未至而知之者先入先入者爲主而待其餘則
是知之者爲主也樂之者爲主是故有所不知知
之未嘗不行知之者爲主是故雖無所不知而有
所不能行子曰知之者不如好之者好之者不如
樂之者知之者與樂之者是聖人賢人之辨也好
之者是賢人之所由以求誠者也君子之爲學愼
乎其始何則其所先入者重也知之多而未能樂

焉則是不如不知之愈也人之好惡莫如好色而惡臭則人之性也好善如好色惡惡如惡臭是聖人之誠也故曰自誠明謂之性孔子蓋長而好學適周觀禮問於老聃師襄之徒而後明於禮樂五十而後讀易蓋亦有晚而後知者然其所先得於聖人者是樂之而已孔子厄於陳蔡之間問於子路子貢二子不悅而子貢又欲少貶焉是二子者非不知也其所以樂之者未至也且夫子路能死於衛而不能不慍於陳蔡是豈其知之罪耶故夫

此後翻案語卻甚確

今俗學看孔子太高故看門弟子太低孔門弟子豈低於今俗學耶

學問有歸着處

弟子之所爲從孔子游者非專以求聞其所未聞蓋將以求樂其所有也明而不誠雖挾其所有倀倀乎不知所以安之苟不知所以安之則是可與居安而未可與居憂患也夫惟憂患之至而後誠明之辨乃可以見由此觀之君子安可以不誠哉

透

此等文非子瞻之雋者以其是蘇家說理文字故錄而存之

一句着題

忽入禮字奇然說来妙合

中庸中

君子之欲誠也莫若以明夫聖人之道自本而觀之則皆出於人情不循其本而逆觀之於其末則以爲聖人有所勉彊力行而非人情之所樂者夫如是則雖欲誠之其道無由故曰莫若以明使吾心曉然知其當然而求其樂今夫五常之教惟禮爲若彊人者何則人情莫不好逸豫而惡勞苦今吾必也使之不敢箕踞而磬折百拜以爲禮人情莫不樂富貴而羞貧賤今吾必也使之不敢自尊

只題一字論破

使人深思只在字句虚處

此禮樂合一之

而卑讓退抑以爲禮用器之爲便而祭器之爲貴褻衣之爲便而衮冕之爲貴哀欲其速巳而伸之三年樂欲其不巳而不得終日此禮之所以爲彊人而觀之於其末者之過也盍亦反其本而思之今吾以爲磬折不如立之安也而將惟安之求則立不如坐坐不如箕踞箕踞不如偃仆偃仆而不巳則將裸袒而不顧苟爲裸袒而不顧則吾無乃亦將病之夫豈獨吾病之天下之匹夫匹婦莫不病之也苟爲病之則是其勢將必至於磬折而百

旨

拜由此言之則是磬折而百拜者生於不欲裸袒之間而已也夫豈惟磬折百拜將天下之所謂彊人者其皆必有所從生也辨其所從生而推之至於其所終極是之謂明故記曰君子之道費而隱夫婦之愚可以與知焉及其至也雖聖人亦有所不知焉夫婦之不肖可以能行焉及其至也雖聖人有所不能焉君子之道推其所從生而言之則其言約約則明推其逆而觀之故其言費費則隱君子欲其不隱是故起於夫婦之有餘而推之至

於聖人之所不及舉天下之至易而通之於至難使天下之安其至難者與其至易無以異也孟子曰簞食豆羹得之則生不得則死嘑爾而與之行道之人弗受蹴爾而與之乞人不屑也萬鍾則不辨禮義而受之萬鍾於我何加焉向爲身死而不受今爲朋友妻妾之奉而爲之此之謂失其本心且萬鍾之不受是王公大人之所難而以行道乞人之所不屑而較其輕重是何以異於匹夫匹婦之所能行通而至於聖人之所不及故凡爲此說

者皆以求安其至難而務欲誠之者也天下之人莫不欲誠而不得其説故凡此者誠之説也

继之為言常也對曲家反説看出極直寫來極曲此又文筆之妙然有此筆下之曲乃能寫得胸中之直

數段貫穿作一篇

段段以記作底如孝經引詩体

中庸下

夫君子雖能樂之而不知中庸則其道必窮記曰君子遵道而行半塗而廢吾弗能已矣君子非其信道之不篤也非其力之不至也得其偏而忘其中不得終日安行乎通塗夫雖欲不廢其可得耶記曰道之不行也我知之矣賢者過之不肖者不及也以爲過者之難歟復之中者之難歟宜若過者之難也然天下有能過而未有能中則是復之中者之難也記曰天下國家可均也爵祿可辭

也白刃可蹈也中庸不可能也既不可過又不可
及如斯而已乎曰未也孟子曰執中爲近執中無
權猶執一也書曰不協於極不罹於咎皇則受之
又曰會其有極歸其有極而記曰君子之中庸也
君子而時中皇極者有所不極而會於極時中者
有所不中而歸於中吾見中庸之至於此而猶難
也是以有小人之中庸焉有所不中而歸於中是
道也君子之所以爲時中而小人之所以爲無忌
憚記曰小人之中庸也小人而無忌憚也嗟夫道

之難言也有小人焉因其近似而竊其名聖人憂
思恐懼是故反覆而言之不厭何則是道也固小
人之所竊以自便者也君子見危則能死勉而不
死以求合於中庸見利則能辭勉而不辭以求合
於中庸小人貪利而苟免而亦欲以中庸之名私
自便也此孔子孟子之所爲惡鄉愿也一鄉皆稱
愿人焉無所往而不爲愿人同乎流俗合乎汚世
曰古之人行何爲踽踽凉凉生斯世也善斯可矣
以古之人爲迂而以今世之所善爲足以已矣則

是不亦近似於中庸耶。故曰。惡紫恐其亂朱也。惡莠恐其亂苗也。何則。惡其似也。信矣中庸之難言也。君子之欲從事乎此。無循其迹而求其味。則幾矣。記曰。人莫不飲食也。鮮能知味也。

續歐陽子朋黨論

歐陽子曰小人欲空人之國必進朋黨之說嗚呼國之將亡此其徵歟禍莫大於權之移人而君莫危於國之有黨有黨則必爭爭則小人者必勝而權之所歸也君安得不危哉何以言之君子以道事君人主必敬之而疏小人唯予言而莫予違人主必狎之而親疏者易間而親者難睽也而君子者不得志則奉身而退樂道不仕小人者不得志則徼倖復用唯怨之報此其所以必勝也蓋嘗論

之君子如嘉禾也封植之甚難而去之甚易小人如惡草也不種而生去之復蕃世未有小人不除而治者也然去之爲最難斥其一則援之者衆盡其類則衆之致怨也深小者復用而肆威大者得志而竊國善人爲之掃地世主爲之屏息譬之斷虵不死刺虎不斃其傷人則愈多矣齊田氏魯季孫是已齊魯之執事莫匪田季之黨也歷數君不忘其誅而卒之簡公弒昭哀失國小人之黨其不可除也如此而漢黨錮之獄唐白馬之禍忠義之

引証切

士斥死無餘君子之黨其易盡也如此使世主知易盡者之可戒而不可除者之可懼則有瘳矣

上言小人之難去

且夫君子者世無若是之多也小人者亦無若是之衆也

以下是去小人之術

凡才智之士銳於功名而嗜於進取者隨所用耳孔子曰仁者安仁智者利仁未必皆君子也冉有從夫子則爲門人之選從季氏則爲聚斂之臣唐柳宗元劉禹錫使不陷叔文之黨其高才絶學亦足以爲唐名臣矣昔欒懷子得罪於晉其黨皆出奔樂王鮒謂范宣子曰盍反州綽邢蒯勇士

驀然一譬接上

曲盡情事

也宜子曰彼欒氏之勇也余何獲焉王鮒曰子爲彼欒氏乃子之勇也嗚呼宣子早從王鮒之言豈獨獲二子之勇且安有曲沃之變哉愚以爲治道去泰甚耳苟黜其首惡而貸其餘使才者不失富貴不才者無以致憾將爲吾用之不暇又何怨之報乎人之所以爲盜者衣食不足耳農夫市人焉保其不爲盜而衣食旣足盜豈有不能返農夫市人也哉故善除盜者開其衣食之門使復其業善除小人者誘以富貴之道使隳其黨以力取威勝

者蓋未嘗不反爲所噬昔曹參之治齊曰愼無擾
獄市獄市奸人之所容也如此亦庶幾於善治矣
奸固不可長而亦不可不容也若奸無所容君子
豈乂安之道哉牛李之黨徧天下而李德裕以一
夫之力欲窮其類而致之必死此其所以不旋踵
罹仇人之禍也奸臣復熾忠義益衰以力取勝
者果不可耶愚是以續歐陽子之說而爲君子小
人之戒

長公此論真可以補歐陽子之不足元祐紹聖之間

豈其說不用耶

通篇轉摺處皆如游龍

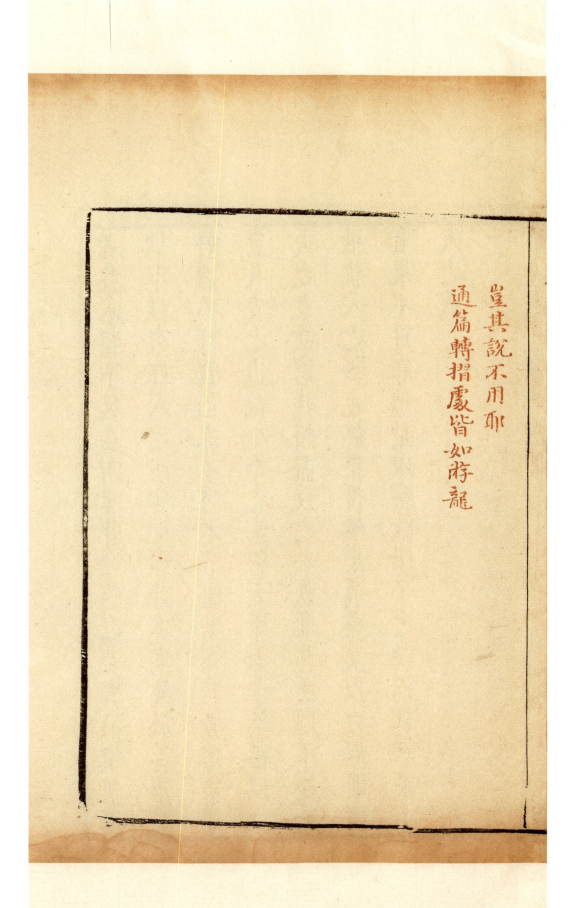

辨而正

續楚語論

屈到嗜芰有疾召其宗老而屬之曰祭我必以芰及祥宗老將薦芰屈建命去之君子曰不違而道唐柳宗元非之曰屈子以禮之末忍絕其父將死之言且禮有齊之日思其所樂思其所嗜子木去芰安得爲道甚矣柳子之陋也子木楚卿之賢者也夫豈不知爲人子之道事死如事生况於將死丁寧之言棄而不用人情之所忍乎是必有大不忍於此者而奪其情也夫死生之際聖人嚴之薨

經衍

於路寢不歿於婦人之手至於結冠纓啟手足之
末不敢不勉其於死生之變亦重矣父子平日之
言可以恩掩義至於死生至嚴之際豈容以私害
公乎曾子有疾稱君子之所貴乎道者三孟僖子
卒使其子學禮於仲尼管仲病勸威公去三豎夫
數君子之言或主社稷或勤於道德或訓其子孫
雖所趣不同然皆篤於大義不私其躬也如此今
赫赫楚國若敖氏之賢聞於諸侯身爲正卿死不
在民而尸腹是憂其爲陋亦甚矣使子木行之國

三段辨難精切

人謂之太史書之天下後世不知夫子之賢而唯陋是聞子木其忍爲此乎故曰是必有大不忍者而奪其情也然禮之所謂思其所樂思其所嗜此言人子追思之道也曾晳嗜羊棗而曾子不忍食父沒而不能讀父之書母沒而不能執母之器皆人子之情自然也豈待父母之命耶今薦芰之事若出於子則可自其父命則爲陋耳豈可以飲食之故而成父莫大之陋乎曾子寢疾曾元難於易簀曾子曰君子之愛人也以德細人之愛人也以

姑息若以柳子之言爲然是曾元爲孝子而童子顧禮之末易簀於病革之中爲不仁之甚也中行偃卒視不可含范宣子盥而撫之曰事吳敢不如事主猶視欒懷子曰主苟終所不嗣事於齊者有如河乃瞑嗚呼范宣子知事吳爲忠於主而不知報齊以成夫子憂國之美其爲忠則大矣古人以愛惡比之美灸藥石曰石猶生我灸之美者其毒滋多由是觀之柳子之愛屈到是灸之美子木之違父命爲藥石也哉

蘇文忠公策論目

卷十一　試論

劉愷丁鴻孰賢

禮以養人爲本

王者不治夷狄

卷十二論解

鄭伯克段于鄢

用郊

會於澶淵宋災故

黑肱以濫來奔

小雅周之衰

蘇文忠公論選卷之十一

歸安鹿門茅坤　批評
景陵伯敬鍾惺

刑賞忠厚之至

堯舜禹湯文武成康之際，何其愛民之深，憂民之切，而待天下以君子長者之道也。有一善，從而賞之，又從而咏歌嗟嘆之，所以樂其始而勉其終。有一不善，從而罰之，又從而哀矜懲創之，所以棄其舊而開其新。故其吁俞之聲，歡休慘戚，見於虞夏

晞廬情作實案

商周之書成康既沒穆王立而周道始衰然猶命其臣呂侯而告之以祥刑其言憂而不傷威而不怒慈愛而能斷惻然有哀憐無辜之心故孔子猶有取焉傳曰賞疑從與所以廣恩也罰疑從去所以愼刑也當堯之時皋陶爲士將殺人皋陶曰殺之三堯曰宥之三故天下畏皋陶執法之堅而樂堯用刑之寬四岳曰鯀可用堯曰不可鯀方命圮族既而曰試之何堯之不聽皋陶之殺人而從四岳之用鯀也然則聖人之意蓋亦可見矣書曰罪

盡而不盡住而不住

又振起

又轉一層

疑惟輕功疑惟重與其殺不辜寧失不經嗚呼盡之矣可以賞可以無賞賞之過乎仁可以罰可以無罰罰之過乎義過乎仁不失爲君子過乎義則流而入於忍人故仁可過也義不可過也古者賞不以爵祿刑不以刀鋸賞以爵祿是賞之道行於爵祿之所加而不行於爵祿之所不加也刑以刀鋸是刑之威施於刀鋸之所及而不施於刀鋸之所不及也先王知天下之善不勝賞而爵祿不足以勸也知天下之惡不勝刑而刀鋸不足以裁也

總入本末話頭

引經語槩包上幾有情有波瀾

百尺竿頭又進一步

是故疑則舉而歸之於仁以君子長者之道待天下使天下相率而歸於君子長者之道故曰忠厚之至也詩曰君子如祉亂庶遄巳君子如怒亂庶遄沮夫君子之巳亂豈有異術哉時其喜怒而無失乎仁而巳矣春秋之義立法貴嚴而責人貴寛因其襃貶之義以制賞罰亦忠厚之至也

以今語收

東坡試論文字悠揚宛宕於今場屋中極利者也

重巽以申命

昔聖人之始畫卦也皆有以配乎物者也巽之配於風者以其發而有所動也配於木者以其仁且順也夫發而有所動者不仁則不可以久不順則不可以行故發而仁動而順而巽之道備矣聖人以爲不重則不可以變故因而重之使之動而能變變而不窮故曰重巽以申命言天子之號令如此而後可也天地之化育有可以指而言者有不可以求而得之者今夫日皆知其所以爲煖雨皆

知其所以爲潤雷霆皆知其所以爲震雪霜皆知其所以爲殺至於風悠然布於天地之間來不知其所自去不知其所入噓而炎吹而冷大而鼓乎泰山喬嶽之上細而入乎窽室蔀屋之下發達萬物而天下不以爲德摧拔草木而天下不以爲怒故曰天地之化育有不可求而得者此聖人之所法以令天下之術也聖人在上天下之民各得其職士者皆曰吾學而仕農者皆曰吾耕而食工者皆曰吾作而用賈者皆曰吾負而販不知聖人之

制命令以鼓舞通變其道而使之安乎此也聖人之在上也天下可由而不可知可言而不可議蓋得乎巽之道也易者聖人之動而卦者動之時也蠱之象曰先甲三日後甲三日而巽之九五亦曰先庚三日後庚三日而說者謂甲庚皆所以申命而先後者愼之至也聖人憫斯民之愚而不忍使之遽陷於罪戾也故先三日而令之後三日而申之不從而後誅蓋其用心之愼也以至神之化令天下使天下不測其端以至詳之法曉天下使天

下明知其所避。天下不測其端。而明知其所避。故靡然相率而不敢議也。上令而下不議。下從而上不誅。順之至也。故重巽之道上下順也。

孔子從先進

君子之欲有爲於天下莫重乎其始進也始進以正猶且以不正繼之況以不正進者乎古之人有欲以其君王者也有欲以其君覇者也有欲彊其國者也是三者其志不同故其術有淺深而其成功有巨細雖其終身之所爲不可逆知而其大節必見於其始進之日何者其中素定也未有進以彊國而能覇者也未有進以覇而能王者也伊尹之耕於有莘之野也其心固曰使吾君爲堯舜之

君而吾民爲堯舜之民也以伊尹爲以滋味說湯者此戰國之策士以已度伊尹也君子疾之管仲見桓公於纍囚之中其所言者固欲合諸侯攘戎狄也管仲度桓公足以霸度其身足以爲霸者之佐是故上無侈說下無卑論古之人其自知多明也如此商鞅之見孝公也三說而後合甚矣鞅之懷詐挾術以欺其君也彼豈不自知其不足以帝且王哉顧其形名慘刻之學恐孝公之不能從是故設爲高論以眩之君既不能是矣則舉其國惟

吾之所欲爲不然豈其負帝王之畧而每見輒變
以狥人乎商鞅之不終於秦也是其進之不正也
聖人則不然其志愈大故其道愈高其道愈高故
其合愈難聖人視天下之不治如赤子之在水火
也其欲得君以行道可謂急矣然未嘗以難合之
故而少貶焉者知其始於少貶而其漸必至陵遲
而大壞也故曰先進於禮樂野人也後進於禮樂
君子也如用之則吾從先進孔子之世其諸侯卿
大夫視先王之禮樂猶方圓氷炭之不相入也進

而先之以禮樂其不合必矣是人也以道言之則
聖人以世言之則野人也若夫君子之急於有功
者則不然其未合也先之以世俗之所好而其既
合也則繼之以先王之禮樂其心則然然其進不
正未有能繼以正者也故孔子不從而孟子亦曰
枉尺直尋者以利言也如以利則枉尋直尺而利
亦可爲與君子之得其君也旣度其君又度其身
君能之而我不能不敢進也我能之而君不能不
可爲也不敢進而進是易其君不可爲而爲是輕

其身是二人者皆有罪焉故君子之始進也曰君苟用我矣我且爲是君曰能之則安受而不辭君曰不能天下其獨無人乎至於人君亦然將用是人也則告之以己所欲爲要其能否而責成焉其曰姑用之而試觀之者皆過也後之君子其進也無所不至惟恐其不合也曰我將權以濟道既而道卒不行焉則曰吾君不足以盡我也始不正其身終以謗其君是人也自以爲君子而孟子之所謂賊其君者也

時論中妙手其体格與今無相遠

春秋定天下之邪正

爲穀梁者曰成天下之事業定天下之邪正莫善於春秋請因其說而極言之夫春秋者禮之見於事業者也孔子論三代之盛必歸於禮之大成而其衰必本於禮之漸廢君臣父子上下莫不由禮而定其位至以爲有禮則生無禮則死故孔子自少至老未嘗一日不學禮而不治其他以之出入周旋亂臣彊君不能加焉知天下莫之能用也退而治其紀綱條目以遺後世之君子則又以爲不

得親見於行事有其具而無其施設措置之方於是因魯史記爲春秋一斷於禮凡春秋之所褒者禮之所與也其所貶者禮之所否也記曰禮者所以別嫌明疑定猶豫也而春秋一取斷焉故凡天下之邪正君子之所疑而不能决者皆至於春秋而定非定於春秋定於禮也故太史公曰春秋者禮義之大宗也爲人君父而不知春秋者前有讒而不見後有賊而不知爲人臣子而不知春秋者守經事而不知其宜遭變事而不知其權夫禮義

入髓

之失至於君不君臣不臣父不父子不子其意皆以爲善爲之而不知其義是以被之空言而不敢辭夫邪正之不同也不啻若黑白使天下凡爲君子者皆如顔淵凡爲小人者皆如桀跖雖微春秋天下其孰疑之天下之所疑者邪正之間也其情則邪而其迹若正者有之矣其情以爲正而不知其義以陷於邪者有之矣此春秋之所以丁寧反覆於其間也宋襄公疑於仁者也晉荀息疑於忠者也襄公不修德而疲弊其民以求諸侯此其心

虛 實

豈湯武之心哉而獨至於戰則曰不禽二毛不鼓不成列非有仁者之素而欲一旦竊取其名以欺後世苟春秋不爲正之則世之爲仁者相率而爲僞也故其書曰冬十一月乙巳朔宋公及楚人戰於泓宋師敗績春秋之書戰未有若此其詳也君子以爲其敗固宜而無有隱諱不忍之辭焉荀息之事君也君存不能正其違歿又成其邪志而死焉荀息而爲忠則凡忠於盜賊死於私暱者皆忠也而可乎故其書曰及其大夫荀息不然則荀息

眈一轉作掉尾

孔父之徒也而可名哉

以禮字爲案

蘇文忠公論選卷十一　十

儒者可與守成

聖人之於天下也無意於取之也譬之江海百谷赴焉譬之麟鳳鳥獸萃焉雖欲辭之豈可得哉禹治洪水排萬世之患使溝壑之地疏爲桑麻魚鼈之民化爲衣冠耕爲司徒而五教行棄爲后稷而烝民粒世濟其德至於湯武拯塗炭之民而置之於仁壽之域故天下相率而朝之此三聖人者蓋推之而不能去逃之而不能免者也於是益修其政明其教因其民不易其俗以是得之以是守之

傳世數十而民不叛豈有他道哉周室既衰諸侯並起力征爭奪者天下皆是也德既無以相過則智勝而已智既無以相傾則力爭而已至秦之亂天下蕩然無復知有仁義矣漢高祖以三尺劒起布衣五年而并天下雖稍輔以仁義然所用之人常先於智勇所行之策常主於權謀是以戰必勝攻必取天下既平思所以享其成功而安於無事以爲子孫無窮之計而武夫謀臣舉非其人莫與爲之者故陸賈譏之曰陛下以馬上得之豈可以

入題

馬上治之乎而叔孫通亦曰儒者難於進取可與
守成於是酌古今之宜與禮樂之中取其簡而易
知近而易行者以爲朝覲會同冠昏喪祭之法雖
足以傳數百年上下相安然終莫若三代聖人取
守一道源深而流長也夫武夫謀臣譬如藥石可
以伐病而不可以養生儒者譬之五穀可以養生
而不可以伐病宋襄公爭諸侯不擒二毛不鼓不
成列以敗於泓身夷而國蹙此以五穀伐病也秦
始皇燔詩書殺豪傑東城臨洮北築遼水民不得

主意全在收末處

休息傳之二世宗廟蕪滅此以藥石養生也善夫賈生之論曰仁義不施而攻守之勢異也夫世俗之不察直以攻守爲二道故悉論三代以來所以取守之術使知禹湯文武之盛德亦儒者之極功而陸賈叔孫通之流葢儒術之粗也

論歸於正而文更翩翩

時論之冠

文氣多從留夫論衡中来

空處波瀾

看他俱是空中

物不可以苟合

昔者聖人將欲有爲也其始必先有所甚難而其終也至於久遠而不廢其成之也難故其敗之也不易其得之也重故其失之也不輕其合之也遲故其散之也不速夫聖人之所爲詳於其始者非爲其始之不足以成而憂其終之易敗也非爲其始之不足以得而憂其終之易失也非爲其始之不足以合而憂其終之易散也天下之事如是足以成矣如是足以得矣如是足以合矣而必曰未

行全無着脚處

不苟合處

也又從而節文之綢繆委曲而爲之表飾是以至
於今不廢及其後世求速成之功而倦於遲久故
其欲成也止於其足以成欲得也止於其足以得
欲合也止於其足以合而其甚者則又不能待其
足其始不詳其終將不勝弊嗚呼此天下治亂享
國長短之所從出歟聖人之始制爲君臣父子夫
婦朋友也坐而治政奔走而執事此足以爲君臣
矣聖人懼其相易而至於相凌也於是爲之車服
采章以別之朝覲位著以嚴之名非不相聞也而

見必以贊心非不相信也而入必以籍此所以久而不相易也杖屨以爲安飲食以爲養此足以爲父子矣聖人懼其相褻而至於相怨也於是制爲朝夕省問之禮左右佩服之飾族居之爲歡而異居以爲别合食之爲樂而異膳以爲尊此所以久而不相褻也生以居於室死以葬於野此足以爲夫婦矣聖人懼其相狎而至於相離也於是先之以幣帛重之以媒妁不告於廟而終身以爲妾晝居於内而君子問其疾此所以久而不相狎也安

反跌

居以爲黨而急難以相救此足以爲朋友矣聖人懼其相瀆而至於相侮也於是戒其羣居嬉遊之樂而嚴其射御食飲之節足非不能行也而待擯相之詔禮口非不能言也而待介紹之傳命此所以久而不相瀆也天下之禍莫大於苟可以爲而止夫苟可以爲而止則君臣之相陵父子之相怨夫婦之相離朋友之相侮久矣聖人憂焉是故多爲之飾易曰藉用白茅無咎苟錯諸地而可矣藉之用茅何咎之有此古之聖人所以長有天下而

結語甚古甚簡可以為而已一語商韓一輩人自禍之人其學問作用全在此每為老蘇看破說得索然

後世之所謂迂闊也。又曰。嗑者合也。物不可以苟合。故受之以賁。盡矣。

中間君臣等四比填入格眼本屬時論却能按經傳事情化腐為新舉子輩得此法可以横四海矣

形勢不如德

傳有之天時不如地利地利不如人和此言形勢之不如德也而吳起亦云在德不在險太史公以爲形勢雖彊要以仁義爲本儒者之言兵未嘗不以藉其口矣謫袷其遺說而備論之凡形勢之說有二有以人爲形勢者三代之封諸侯是也天子之所以繫於天下者至微且危也歡然而合合而不去則爲君臣其善可得而賞其惡可得而罰其穀米可得而食其功力可得而役使當此之時君

総接上来

臣之勢甚固及其一旦潰然而去去而不返則爲冦讎彊者起而見攻智者起而見謀彷徨四顧而不知其所恃當是之時君臣之勢甚危先王知其固之不足恃而危之不可以忽也故大封諸侯錯置親賢以示天下形勢劉頌所謂善爲國者任勢而不任人郡縣之察小政理而大勢危諸侯爲邦近多違而遠慮固此以人爲形勢者也然周之衰也諸侯肆行而莫之禁自平王以下其去亡無幾也是則德衰而人之形勢不足以救也有以地爲

形勢者秦漢之建都是也秦之取天下非天下心服而臣之也較之以富搏之以力而猶不服又以詐囚其君虜其將然後僅得之今之臣服而朝貢皆昔之暴骨於原野之子孫也則吾安得泰然而長有之漢之取天下雖不若秦之暴然要之皆不本於仁義也當此之時不大封諸侯則無以荅功臣之望諸侯大而京師不安則其勢不得不以關中之固而臨之此雖堯舜湯武亦不能使其德一日而信於天下荀卿所謂合其參者此以地爲形

總收

勢者也然及其衰也皆以大臣專命危自內起而關中之形勢曾不及施此亦德衰而地之形勢不能救也夫三代秦漢之君慮其後世而爲之備患不可謂不至矣然至其亡也常出於其所不慮此豈形勢不如德之明效歟易曰神而明之存乎其人人存則德存德存則無諸侯而安無障塞而固矣

當時應試論合如此

以上文如空中之雲

劉愷丁鴻孰賢

君子之爲善非特以適已自便而已其取於人也必度其人之可以與我也其予人也必度其人之可以受於我也我可以取之而其人不可以與我君子不取我可以予之而其人不可受君子不予旣爲已慮之又爲人謀之取之必可予之必可受若已爲君子而使人爲小人是亦去小人無幾耳東漢劉愷讓其弟荆而詔聽之丁鴻亦以陽狂讓其弟而其友人鮑駿責之以義鴻乃就封其始

正論

自以爲義而行之其終也知其不義而復之以其能復之知其始之所行非詐也此范氏之所以賢鴻而下愷也其論稱太伯伯夷有其讓也故太伯稱至德伯夷稱賢人及後世徇其名而昧其致於是詭激之行興矣若劉愷之徒讓其弟使弟受非服而已受其名不已過乎丁鴻之心主於忠愛何其終悟而從義也范氏之所賢者固已得之矣而其未盡者請得畢其說夫先王之制立長所以明宗明宗所以防亂非有意私其長而沮其少

讀史斷案

也天子與諸侯皆有太祖其有天下有一國皆受之太祖而非已之所得專有也天子不敢以其太祖之天下與人諸侯不敢以其太祖之國與人天下之通義也夫劉愷丁鴻之國不知二子所自致耶將亦受之其先祖耶受之其先祖而傳之於所不當立之人雖其弟之親與塗人均耳夫吳太伯伯夷非所以爲法也太伯將以成周之王業而伯夷將以訓天下之讓而爲是詭時特異之行皆非所以爲法也今劉愷舉國而讓其弟非非獨使弟受

非服之爲過也將以壞先王防亂之法輕其先祖之國而獨爲是非常之行考之以禮繩之以法而愷之罪大矣然漢世士大夫多以此爲名者安順桓靈之世士皆反道矯情以盜一時之名葢其弊始於西漢之世韋元成以侯讓其弟而爲世主所賢天下高之故漸以成俗履常而蹈易者世以爲無能而擯之則丁鴻之復於中道尤可以深嘉而屢歎也

幸連

行文勝小藴

禮以養人爲本

三代之衰至於今且數千歲豪傑有意之主博學多識之臣不可以勝數矣然而禮廢樂墜則相與咨嗟發憤而卒於無成者何也是非其才之不逮學之不至過於論之太詳畏之太甚也夫禮之初緣諸人情因其所安者而爲之節文凡人之所安而有節者舉皆禮也則是禮未始有定論也然而不可以出於人情之所不安則亦未始無定論也執其無定以爲定論則塗之人皆可以爲禮今儒

礼之原

者之論則不然以爲禮者聖人之所獨尊而天下之事最難成者也牽於繁文而拘於小説有毫毛之差則終以爲不可論明堂者惑於考工吕令之説議郊廟者泥於鄭氏王肅之學紛紜交錯累歳而不决或因而遂罷未嘗有一人果斷而决行之此皆論之太詳而畏之太甚之過也夫禮之大意存乎明天下之分嚴君臣篤父子形孝悌而顯仁義也今不幸去聖人遠有如毫毛不合於三代之法固未害其爲明天下之分也所以嚴君臣篤父

文流發出來

子形孝悌而顯仁義者猶在也今使禮廢而不修則君臣不嚴父子不篤孝悌不形仁義不顯反不足重乎昔者西漢之書始於仲舒而至於劉向悼禮樂之不興故其言曰禮以養人爲本如有過差是過而養人也刑罰之過或至殺傷然有司請定法令刪則刪筆則筆而至禮樂則不敢是敢於殺人而不敢於養人也而范曄以爲樂非夔襄而新音代作律謝臯蘇而法令亟易而至於禮獨何難歟夫刑者末也又加以慘毒繁難而天下常以爲

記切

急禮者本也又加以和平簡易而天下常以爲緩如此而不治則又從而尤之曰是法未至也則因而急之甚矣人之惑也平居治氣養生宣故而納新其行之甚易其過也無大患然皆難之而不爲悍藥毒石以搏去其疾則皆爲之此天下之公患也嗚呼王者得斯說而通之禮樂之興庶乎有日矣

以下一大段從…是爲發難張本

王者不治夷狄

夷狄不可以中國之治治也譬若禽獸然求其大治必至於大亂先王知其然是故以不治治之治之以不治者乃所以深治之也春秋書公會戎於潛何休曰王者不治夷狄錄戎來者不拒去者不追也夫天下之至嚴而用法之至詳者莫過於春秋凡春秋之書公書侯書字書名其君得爲諸侯其臣得爲大夫者舉皆齊晉也不然則齊晉之與國也其書州書國書氏書人其君不得爲諸侯其

又翻出一層

臣不得爲大夫者舉皆秦楚也不然則秦楚之與
國也夫齊晉之君所以治其國家擁衛天子而愛
養百姓者豈能盡如古法哉葢亦出於詐力而參
之以仁義是亦未能純爲中國也秦楚者亦非獨
貪冒無耻肆行而不顧也葢亦有秉道行義之君
焉是秦楚亦未至於純爲夷狄也齊晉之君不能
純爲中國而春秋之所予者常在焉有善則汲汲
而書之惟恐其不得聞於後世有過則多方而開
赦之惟恐其不得爲君子秦楚之君未至於純爲

夷狄而春秋之所不予者常在焉有善則累而後進有惡則畧而不錄以爲不足錄也是非獨私於齊晉而偏疾於秦楚也以見中國之不可以一日背而夷狄之不可以一日嚮也其不純者足以寄其褒貶則其純者可知矣故曰天下之至嚴而用法之至詳者莫如春秋夫戎者豈特如秦楚之流入於戎狄而已哉然而春秋書之曰公會戎於潛公無所貶而戎爲可會是獨何歟夫戎之不能以會禮會公亦明矣此學者之所以深疑而求其說

掉尾

也故曰王者不治夷狄錄戎來者不拒去者不追也夫以戎之不可以化誨懷服也彼其不悍然執兵以與我從事於邊鄙則已幸矣又況知有所謂會者而欲行之是豈不足以深嘉其意乎不然將深責其禮彼將有所不堪而發其憤怒則其禍大矣仲尼深憂之故因其來而書之以會曰若是足矣是將以不治深治之也由是觀之春秋之疾戎狄者非疾純戎狄也疾夫以中國而流入於戎狄者也

發題

應前

結

奔逸絕塵是時論中一射鵰手也李子業到此便是脫凡胎矣

蘇文忠公論選卷之十二

歸安鹿門茅坤 批評
景陵伯敬鍾惺

鄭伯克叚于鄢隱元年

春秋之所深譏聖人之所哀傷而不忍言者三晉趙鞅帥師納衛世子蒯聵于戚齊國夏衛石曼姑帥師圍戚而父子之恩絕公與夫人姜氏遂如齊而夫婦之道喪鄭伯克叚于鄢而兄弟之義亡此三者天下之大戚也夫子傷之而思其所以至此

之由故其言尤爲深且遠也且夫蒯聵之得罪於靈公逐之可也逐之而立其子是召亂之道也使輒上之不得從王父之言下之不得從父之令者靈公也故書曰晉趙鞅帥師納衛世子蒯聵于戚蒯聵之不去世子者是靈公不得乎逐之之道靈公何以不得乎逐之之道逐之而立其子也魯桓公千乘之君而陷於一婦人之手夫子以爲文姜之不足譏而傷乎桓公制之不以漸也故書曰公與夫人姜氏遂如齊言其禍自公作也艮之禍生

於愛鄭莊公之愛其弟也足以殺之耳孟子曰舜
封象於有庳使之源源而來不及以政孰知夫舜
之愛其弟之深而鄭莊公賊之也當太叔之據京
城取廩延以爲巳邑雖舜復生不能全兄弟之好
故書曰鄭伯克叚于鄢而不曰鄭伯殺其弟叚以
爲當斯時雖聖人亦殺之而巳矣夫婦父子兄弟
之親天下之至情也而相殘之禍至如此夫豈一
日之故哉穀梁曰克能也能殺也不言殺見叚之
有徒衆也叚不稱弟不稱公子賤叚而甚鄭伯也

鄙遠也猶曰取之其母之懷中而殺之云爾甚之也然則爲鄭伯宜奈何緩追逸賊親親之道也嗚呼以兄弟之親至交兵而戰固親親之道絕已久矣雖緩追逸賊而其存者幾何故曰於斯時也雖聖人亦殺之而已矣然而聖人固不使至此也公羊傳曰母欲立之已殺之如勿與而已矣而又區區於當國內外之言是何恩之不遠也左氏以爲叚不弟故不稱弟如二君故曰克稱鄭伯譏失教求聖人之意若左氏可以有取焉

用郊 成十七年

先儒之論或曰魯郊僭也春秋譏焉非也魯郊僭也而春秋之所譏者當其罪也賜魯以天子之禮樂者成王也受天子之禮樂者伯禽也春秋之譏魯郊也上則譏成王次則譏伯禽成王伯禽不見於春秋而夫子無所致其譏也無所致其譏而不譏者春秋之所以求信於天下也夫以魯而僭天子之郊其罪惡如此之著也夫子以爲無所致其譏而不譏焉則其譏之者固天下之所用而信之

也郊之書於春秋者其類有三書卜郊不從乃免牲者譏卜常祀而不譏郊也鼷鼠食郊牛角郊牛之口傷改卜牛者譏養牲之不謹而不譏郊也書四月五月九月郊者譏郊之不時而不譏郊也非卜常祀非養牲之不謹非郊之不時則不書不書則不譏也禘于太廟者爲致夫人而書也有事於太廟者爲仲遂卒而書也春秋之書郊者猶此而已故曰不譏郊也郊祀者先王之大典而夫子不得見之於周也故因魯之所有天子之禮樂而記

郊之變焉耳成十七年九月辛丑用郊公羊傳曰用者不宜用者也九月非所用郊也穀梁傳曰夏之始猶可以承春以秋之末承春之始葢不可矣且夫郊未有至九月者也曰用者著其不時之甚也杜預以爲用郊從史文或說用然後郊者皆無取焉

蘇文忠公論選卷十二　四

會于澶淵宋災故襄三十年

春秋之時忠信之道闕大國無厭而小國屢叛朝戰而夕盟朝盟而夕會夫子葢厭之矣觀周之盛時大宗伯所制朝覲會同之禮各有遠近之差遠不至於疎而相忘近不至於數而相瀆春秋之際何其亂也故曰春秋之盟無信盟也春秋之會無義會也雖然紛紛者天下皆是也夫子將譏之而以爲不可以勝譏之也故擇其甚者而譏焉桓二年會于稷以成宋亂襄三十年會于澶淵宋災故

皆以深譏而切責之也春秋之書會多矣書其所會而不書其所以會書其所以會桓之稷襄之澶淵而已矣宋督之亂諸侯將討之桓公平之不義孰甚焉宋之災諸侯之大夫會以謀歸其財旣而無歸不信孰甚焉非不義不信之甚春秋之譏不至於此也左氏之論得其正矣皆諸侯之大夫而書曰某人某人會于澶淵宋災故尤之也不書魯大夫諱之也且夫見鄰國之災匍匐而救之者仁人君子之心也旣言而忘之旣約而背之委巷小

人之事也故書其始之爲君子仁人之心而後可以見後之爲委巷小人之事春秋之意葢明白如此而公羊傳曰會未有言其所爲者此言其所爲何錄伯姬也且春秋爲女子之不得其所而𠂇區區焉爲人之𠂇錄之是何夫子之志不廣也穀梁曰不言災故則無以見其爲善澶淵之會中國不侵夷狄夷狄不入中國無侵伐八年善之也晉趙武楚屈建之力也如穀梁之說宋之盟可謂善矣其不曰息兵故何也嗚呼左氏得其正矣

黑肱以濫來奔

諸侯之義守先君之封土而不敢有失也守天子之彊界而不敢有過也夫以力而相奪以兵而相侵者春秋之所謂暴君也侵之雖不以兵奪之雖不以力而得之不義者春秋之所謂汙君也鄭伯以璧假許田晉侯使韓穿來言汶陽之田歸之于齊此諸侯之以不義而取魯田者也邾庶其以漆閭丘來奔莒牟夷以防茲來奔黑肱以濫來奔此魯之以不義而取諸侯之田者也諸侯以不義

而取魯田魯以不義而取諸侯之田皆不容於春秋者也夫子之於庶其牟夷黑肱也責之薄而於魯也罪之深彼其竊邑叛君爲穿窬之事市人屠沽且羞言之而安足以重辱君子之譏哉夫魯周公之後守天子之東藩招聚小國叛亡之臣與之爲盜竊之事孔子悲傷而痛悼之故於三叛之人具文直書而無隱諱之詞葢其罪魯之深也先儒之說區區於叛人之過惡其論固已狹矣且夫春秋豈爲穿窬盜竊之人而作哉使天下之諸侯皆

莫肯容夫如此之人而穿窬盜竊之事將不禁而自絕此春秋之所以用意於其本也左氏曰或求名而不得或欲蓋而名彰書齊豹盜三叛人名而公羊之說最爲疎謬以爲叔術之後而通濫於天下故不繫黑肱於邾嗚呼誰謂孔子而賢叔術耶蓋嘗論之黑肱之不繫邾也意其若欒盈之不繫於晉歟欒盈既奔齊而還入曲沃以叛故書曰欒盈入于晉黑肱或者既絕于邾而歸竊其邑以叛歟當時之簡牘既亡其詳不可得而聞矣然以類

而求之。或亦然歟。穀梁曰。不言邾。別乎邾也。不言濫子。非天子之所封也。此尤迂濶而不可用矣。

小雅周之衰 襄二十九年

詩之中唯周最備而周之興廢於詩爲詳蓋其道始于閨門父子之間而施及乎君臣之際以被冒乎天下者存乎二南后稷公劉文武創業之艱難而幽厲失道之漸存乎二雅成王纂承文武之烈而禮樂文章之備存乎頌其愈衰愈削而至夷于諸侯者在乎王黍離蓋周道之盛衰可以備見于此矣小雅者言王政之小而兼陳乎其盛衰之際者也夫幽厲雖失道文武之業未墜而宣王又從

而中興之故雖怨刺竝興而未列于國風者以爲
猶有王政存焉故曰小雅者兼乎周之盛衰者也
昔之言者皆得其偏而未備也季札觀周樂歌小
雅曰思而不貳怨而不言其周之衰乎文中子曰
小雅烏乎衰其周之盛乎季札之所謂衰者葢其
當時親見周道之衰而不覩乎文武成康之盛也
文中子之所謂盛者言文武之餘烈歷數百年而
未忘雖其子孫之微而天下猶或宗周也故曰二
子者皆得其偏而未備也太史公曰國風好色而

不淫小雅怨誹而不亂當周之衰雖君子不能無
怨要在不至於亂而已文中子以爲周之全盛不
已過乎故通乎二子之說而小雅之道備矣

大夫無遂事莊十九年　又僖三十年

春秋之書遂一也而有善惡存焉君子觀其當時之實而已矣利害出於一時而制之於千里之外當此之時而不遂君子以爲固上之不足以利國下之不足以利民可以復命而後請當此之時而遂君子以爲專專者固所貶也而固者亦所譏也故曰春秋之書遂一也而有善惡存焉君子觀其當時之實而已矣公子結媵陳人之婦于鄄遂及齊侯宋公盟公羊傳曰媵不書此何以書以其有

遂事書大夫無遂事此其言遂何大夫出疆有可
以安國家利社稷則專之可也公子遂如京師遂
如晉公羊亦曰大夫無遂事此其言遂何公不得
爲政也其書遂一也而善惡如此之相遠豈可以
不察其實哉春秋者後世所以學爲臣之法也謂
遂之不譏則愚恐後之爲臣者流而爲專謂遂之
皆譏則愚恐後之爲臣者執而爲固故曰觀乎當
時之實而已矣西漢之法有矯制之罪而當時之
名臣皆引此以爲據若汲黯開倉以賑飢民陳湯

發兵以誅鄧支若此者專之可也不然獲罪於春秋矣

論甚確

蘇文忠公論選 卷十二 十二

明辯

定何以無正月 定元年

始終授受之際春秋之所甚謹也無事而書首時事在二月而書王二月事在三月而書王三月者例也至於公之始年雖有二月三月之書而又特書正月隱元年春王正月三月公及邾儀父盟于蔑莊元年春王正月三月夫人孫于齊所以揭天子之正朔而正諸侯之始也公羊傳曰緣民臣之心不可一日無君緣始終之義一年不二君不可曠年無君故諸侯皆踰年即位而書正月定公元

年書曰王三月晉人執宋仲幾於京師先儒疑焉
而未得其當也嘗試論之春秋十有二公其得終
始之正而備即位之禮者四文公成公襄公哀公
也攝而立不得備即位之禮者一隱公也先君不
以其道終而巳不得備即位之禮者六桓公莊公
閔公僖公宣公昭公也先君不以其道終而又在
外者二莊公定公也在外踰年而後至者一定公
也且夫先君雖在外不以其道終而未嘗有踰年
而後至者則是二百四十二年未嘗一日無君而

定公之元年魯之統絶者自正月至于六月而後
續也正月者正其君也昭公未至定公未立季氏
當國而天子之正朔將誰正耶此定之所以無正
月也公羊傳曰正月者正卽位也定無正月者卽
位後也定哀多微辭而何休以爲昭公出奔國當
絶定公不得繼體奉正故諱爲微辭嗚呼昭公絶
而定公又不得立是魯遂無君矣穀梁以爲昭無
正終故定無正始觀莊公元年書正則不言而可
知其妄矣

猶三望

先儒論書猶之義者可以巳也愚以爲不然春秋之所以書猶者二曰如此而猶如此者甚之之辭也公子遂如齊至黃乃復辛巳有事於太廟仲遂卒于垂壬午猶繹萬入去籥是也曰不如此而猶如此者幸之之辭也閏月不告朔猶朝于廟不郊猶三望是也夫子傷周道之衰禮樂文章之壞而莫或救之也故區區焉掇拾其遺亡以爲其全不可得而見矣得見一二斯可矣故閏月不告朔猶

朝于廟者憪其不告朔而幸其猶朝于廟也不郊
猶三望者傷其不郊而幸其猶三望也夫郊祀者
先王之大典而夫子不得親見之於周也故因魯
之所行郊祀之禮而備言之焉耳春秋之書三望
者皆不爲郊而書也或卜郊不從乃免牲猶三望
或郊牛之口傷改卜牛牛死乃不郊猶三望或鼷
鼠食郊牛角改卜牛鼷鼠又食其角乃免牛不郊
猶三望穀梁傳曰乃者亡乎人之辭也猶者可以
已之辭也且夫魯雖不郊而猶有三望者存焉此

夫子之所以存周之遺典也若曰可以已則是周之遺典絶矣或曰魯郊僭也而夫子何存焉曰魯郊僭也而夫子不譏夫子之所譏者當其罪也賜魯以天子之禮樂者成王也受天子之禮樂者伯禽也春秋而譏魯郊也上則譏成王次則譏伯禽成王伯禽不見于經而夫子何譏焉故曰猶三望者所以存周之遺典也范甯以三望爲海岱淮公羊以爲泰山河海而杜預之說最備曰分野之星及國中山川皆因郊而望祭之此說宜可用

文旨踈邕　而韻度磬折

論亦是終不出蘇氏法門

觀過斯知仁

孔子曰人之過也各於其黨觀過斯知仁矣自孔安國以下解者未有得其本指者也禮曰與仁同功其仁未可知也與仁同過然後其仁可知也聞之於師曰此論語之義疏也請得以論其詳人之難知也江海不足以喻其深山谷不足以配其險浮雲不足以比其變楊雄有言有人則作之無人則輟之夫苟見其作而不見其輟雖盜跖爲伯夷可也然古有名知人者其效如影響其信如蓍龜

此何道也故彼其觀人也亦多術矣委之以利以觀其節乘之以猝以觀其量伺之以獨以觀其守懼之以敵以觀其氣故晉文公以壺飧得趙衰郭林宗以破甑得孟敏是豈一道也哉夫與仁同功而謂之仁則公孫之布被與子路之緼袍何異陳仲子之螬李與顔淵之簞瓢何辨何則功者人所趨也過者人所避也審其趨避而眞僞見矣古人有言曰鉏麑違命也推其仁可以託國斯其爲觀過知仁也歟

君使臣以禮

君以利使臣則其臣皆小人也幸而得其人亦不過衽於才而薄於德者也君以禮使臣則其臣皆君子也不幸而非其人猶不失廉恥之士也其臣皆君子則事治而民安士有廉恥則臨難不失其守小人反是故先王謹於禮禮以欽爲主宜若近於弱然而服暴者莫若禮也禮以文爲飾宜若近於僞然而得情者莫若禮也定公問君使臣臣事君如之何孔子曰君使臣以禮臣事君以忠不有

爵祿刑罰也乎何爲其專以禮使臣也以爵祿而至者貪利之人也利盡則逝矣以刑罰而用之者畏威之人也威之所不及則解矣故莫若以禮禮者君臣之大義也無時而已也漢高祖以神武取天下其得人可謂至矣然恣慢而侮人洗足箕踞溺冠跨項可謂無禮矣故陳平論其臣皆嗜利無耻者以是進取可也至於守成則殆矣高帝晚節不用叔孫通陸賈其禍豈可勝言哉呂后之世平勃背約而王諸呂幾危劉氏以廉耻不足故也武

帝踞厠而見衛青。不冠不見汲黯。青雖富貴。不改奴僕之姿。而黯社稷臣也。武帝能禮之而不能用。可以太息矣。

蘇長公表三卷啓二卷（表）

（宋）蘇軾 撰
（明）錢櫝 輯
（明）李卓吾等 評

明淩濛初刻朱墨套印本

原書高二十九點五釐米，寬十九釐米；
板框高十九點九釐米，寬十四點六釐米。

蘇長公表啓叙

夫八卦陳而萬化分，六律生而清濁辨。揆厥物情，可以識文矣。是以大傳著易繫之辭，春秋明比事

之訓詁數言或殊而命意則一也至於詩人儷歌大夫聯詞意至而就不勞經營降自近代揣思彌察尋機者入巧浮偽者無功故

雜詞之體有四雙比空辭者
曰言焉並舉於實者曰事焉
理殊趣合者曰反焉事異
義同者曰正焉推此而求
萬條自昭矣然四體之中

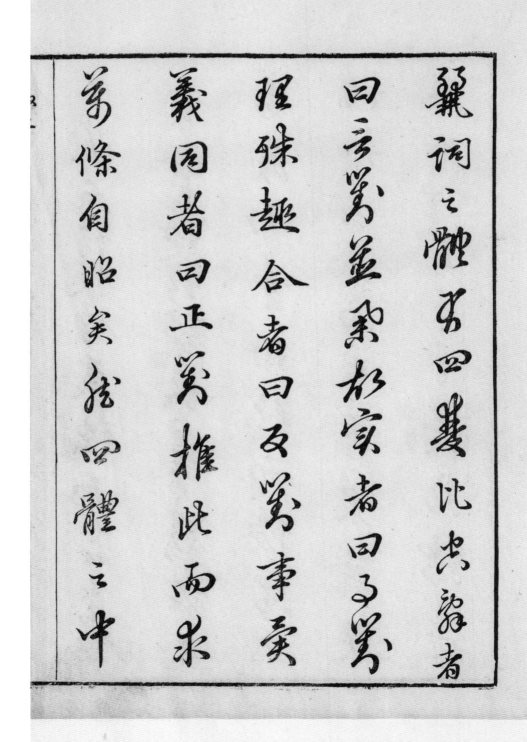

文書之難存焉是故言學者
貴於精巧乎學者務在先
苟兼兩者相配而優劣不
均抑又何尚焉為書宋蘇文
忠公體之手之哉與蹟得

已之庶幾宏覽載籍博游
于藝皆沉鬱之思衍黼黻
之藻或得應帝圖或宣達
民瘼或寫情于伐木或托興
于采榮其詞渢渢乎可謂亶

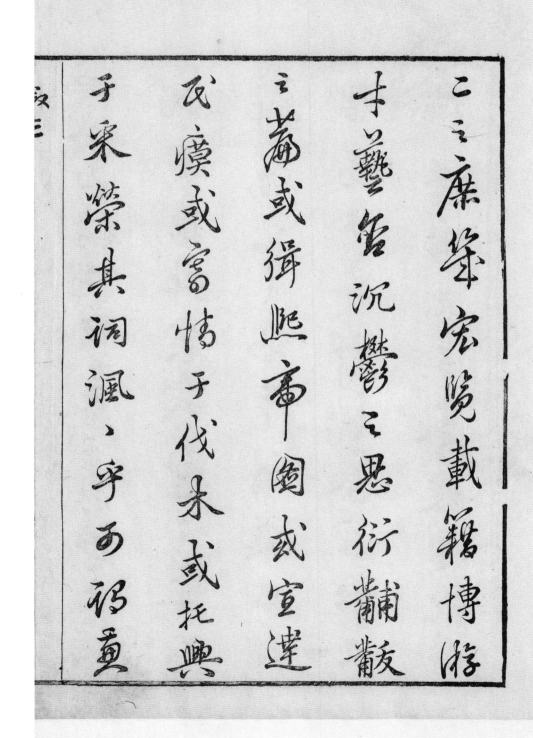

四体兩修之經者矣後之備
詞者匯此窠式譬之金不
淬礪必為干將驥不調
習馬不導御者余於歐文
忠表啓凡五卷校至訛舛

付之剞劂用貽同志者覽焉

吳郡錢穀撰

松陵盛文明書

叙四

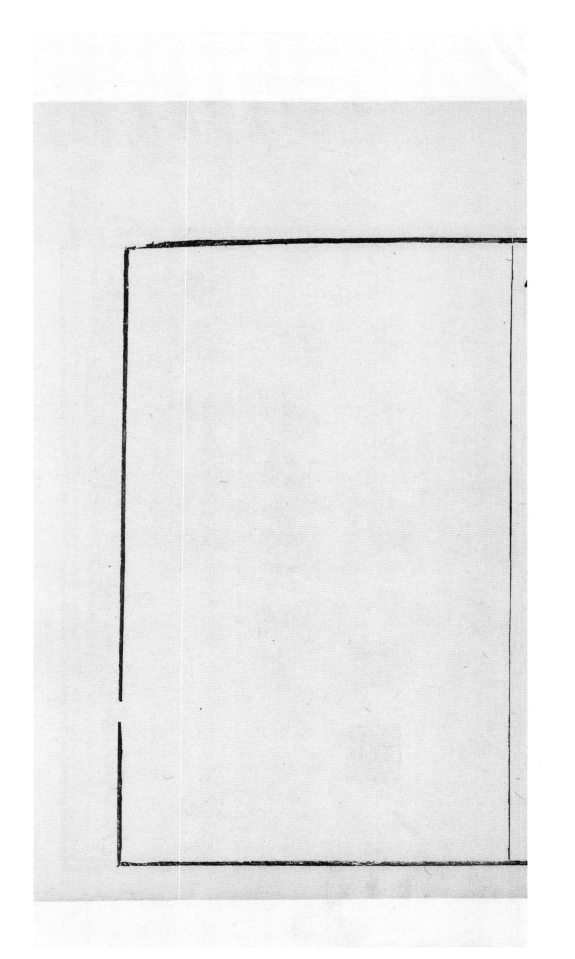

蘇長公表啓叙

粵自兩京而上文質互宜六朝以還駢俳妲切蓋沿賦七連珠之綺習汝琨四聲八病之嚴科故負

一

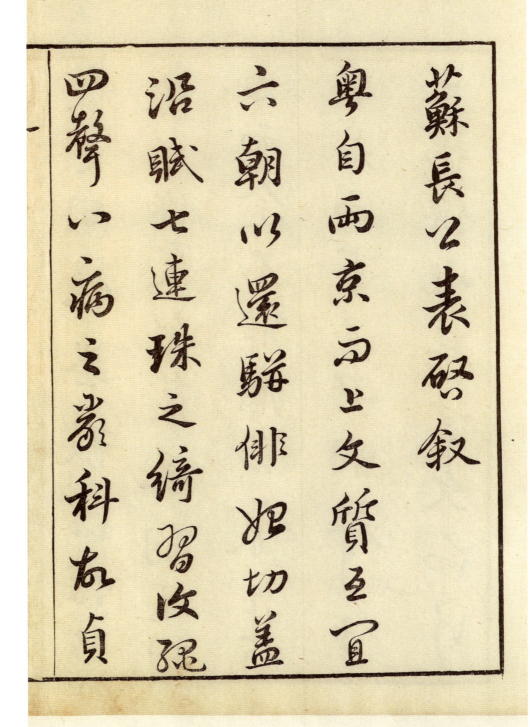

觀之間絶無散法惟昌
黎之作爰起衰風嗣是判
爲兩途不能滙爲一派其
告君而事父者則聲律
之耦俱也其言文而行

意若別結撰之各體也獨至趙宋諸家寔能別闢美境化莊嚴為流走易綺靡為自然驅遣連章忌其拘於步伐細循字

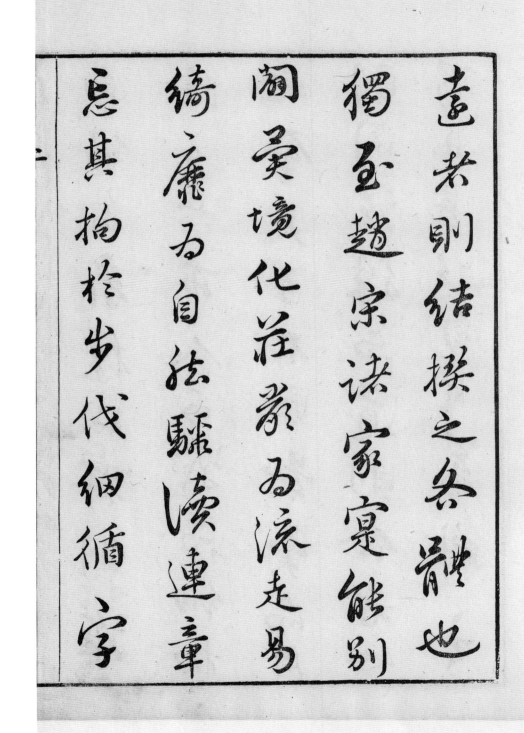

句仍自蒙於山齋則淮
陰之兵市人而戰而細楷
之壁天子不馳體矣而用
則同法殊而道則合者也
眉山長公自因筆解之

泉不擇地出宜君聲琢
句之難工式觀偶々之屬
辭本天然更隨方圓
之入妙稚手帶馬之擬對
之稱以異於壓地之題陽他

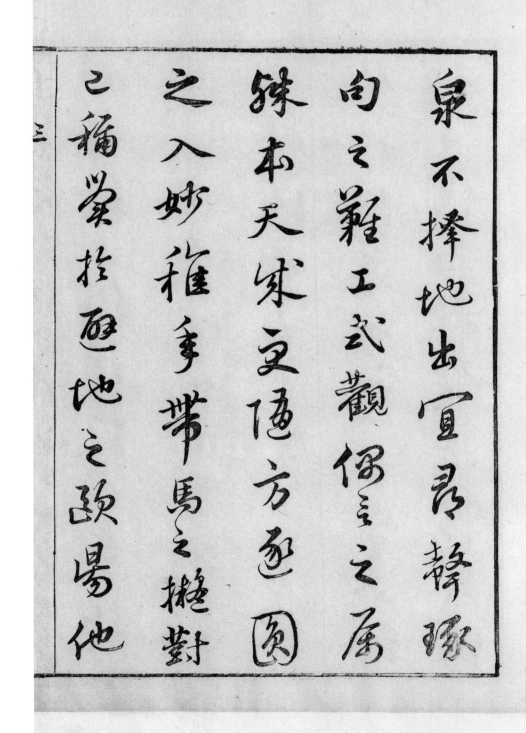

時危蘇之獄詞乃見奏於
操戈之李定仇口之不難
以嫉淫則爲之宗工之非
出於阿意而志已嘗不跨
越一代而類駕六朝哉後

之君子為是學者不作鐫

金刻玉之想而存行雲流

水之觀寤寐于斯學與

具在孰一種以得東坡

法文因一人以槩全宗法

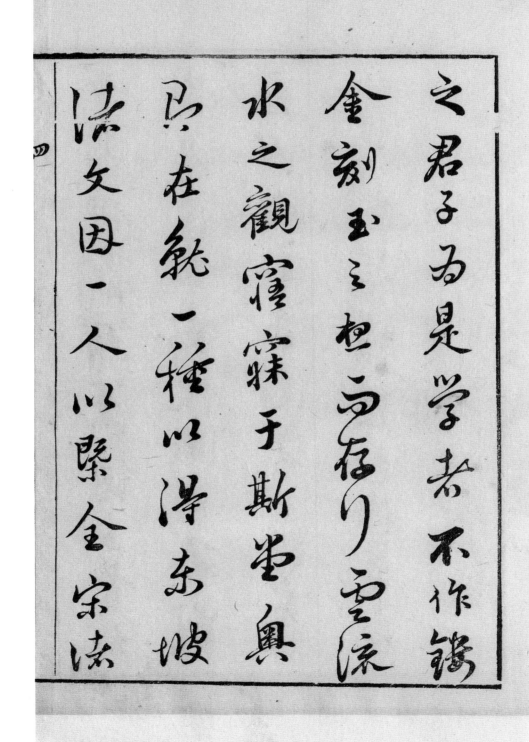

子則排體無束縛之苦而散句悟嘶勒之澀而不判為兩途自爾滙為一派矣

吳興後學淩濛初撰并書

蘇長公表目卷一

錢麓屏曰出著實語而情倫至

李卓吾曰時已改詩賦之科故公云爾

蘇長公表卷一

密州謝上表

臣軾言昨奉勑差知密州軍州事已於今月三日到任上訖草芥賤微敢干洪造乾坤廣大曲遂私誠受命撫躬已自知其不稱入境問俗又復過於所期臣軾中謝伏念臣家世至寒性資甚下學雖篤志本先朝進士篆刻之文論不適時皆老生常談陳腐之説分於聖世處以散材

卓吾曰已近于悠矣

卓吾曰更悠

一自離去闕庭，屢更歲籥，塵埃筆硯，漸忘舊學之淵源。奔走簿書，粗識小人之情僞。欲自試於民社，庶有助於涓埃，以爲公朝不廢私願。携琴上國，預憂桂玉之不充；請郡東方，實欲弟昆之相近。自惟何幸，動獲所求，雖父兄所以處臣，其僥倖不過如此。雖云疎外，有此遭逢。此葢伏遇

皇帝陛下躬上聖之資，建太平之業，以爲人無賢愚，皆有可用，故雖如臣等輩，猶未盡捐。臣敢

麓屏曰安民報國具見忠悃

不仰認至恩益堅素守推廣中和之政撫綏疲瘵之民要使民之安臣則爲臣之報國臣無任瞻天荷聖激切屏營之至

按公知密州時方行手實法使民自疏財產以定戶等又使人得告其不實司農文下諸路不時施行者以違制論公謂提舉常平官曰違制之坐若自朝廷誰敢不從今出于司農是擅造律也若何使者驚曰公姑徐之未幾朝廷知手實之禍罷之密人私以爲幸　麓屏

麓屏曰切實典則悃款惻然

徐州謝上表

臣軾言分符高密已竊名邦改命東徐復塵督府荷恩深厚撫巳兢慙臣軾中謝伏念臣奮身農畝託迹書林信道直前曾無坎井之避立朝寡助誰爲先後之容向者屢獻瞽言仰塵聖鑒豈有意於爲異蓋篤信其所聞顧慙迂闊之言雖多而無益惟有朴忠之素既久而猶堅遠不忘君未忍改其常度言之無罪實深恃於至仁

又曰可悲可泣足動人主

知臣者謂臣愛君不知臣者謂臣多事空懷此意誰復見明伏惟皇帝陛下日月照臨乾坤覆燾察孤危之易毀諒拙直之無他安全陋軀畀付善地民淳俗簡殊無施設之方食足身閑仰愧生成之賜顧力報之無所懷孤忠而自憐

按熙寧十年公在密州就差知河中已而改知徐州四月赴任　麓屏

啓六弘曰四六對偶俱工所謂徹彼春華斂此秋實非復徐庾輕薄之体矣

鼇屏曰宜述道州二聯僚吏朝廷二聯最得謝体

徐州謝獎諭表

臣軾言伏奉今月四日勑以臣去歲修城捍水粗免疎虞特賜獎諭者奔走服勤人臣之常事褒稱勞勉學者之至榮自惟何人乃辱斯語伏念臣學無師法才與世疎經術既已不深吏事又其所短累忝優寄卒無異稱寬如定遠之言平平無取拙比道州之政下下宜然乃者河決澶淵毒流淮泗百堵皆作蓋僚吏之劬勞三板

不洸本朝廷之盛德而臣下掠衆美上貪天功
獨竊璽書之榮以爲私室之寶此益伏遇皇帝
陛下天覆四海子養萬民哀無辜之遭罹特遣
使以存問旣蠲免其賦調又飲食其饑寒所以
録臣之微勞益將責臣之來效臣敢不躬親畚
築益修今歲之防安集流亡盡復平時之業庶
殫朽鈍少補絲毫臣無任

按公知徐州水患大作七月十七日河決澶州曹村八月二十一日及徐州城下
公治之有功至十月五日水漸退城以全朝廷降詔奬諭　蘿屏

麓屏曰卓有典據

徐州賀河平表

竊聞黄河決口已遂閉塞者聖謨獨運天眷莫違庶邦子來民罔告病萬杵雷動役不逾時遂消東北莫大之憂然後麥禾可得而食人無後患喜若再生臣軾中謝伏以大河爲災歷世所病禹治兖州之野十有三載乃同漢築宣防之宫二十餘年而定未有收狂瀾於既潰復故道於將堙俛仰而成神速若此恭惟皇帝陛下至

又曰轉到天助處婉溢

又曰模寫致賀處宛然聳然

仁博施神智無方達四聰以來衆言廣大孝以安宗廟水當潤下河不溢流屬歲久之無虞故患生於所忽方其決也本吏失其防而非天意及其復也蓋天助有德而非人功振古所無溥天同慶維豐沛之大澤實洙泗之所鍾伊昔橫流澟孤城之若塊迨兹平定蔚秋稼以如雲害旣廣則利多憂獨深而喜倍雖官守有限不獲趨外庭以稱觴而民意所同亦能抒下情而作

頌。臣無任、

婉轉如廻風流雪決非天意復非人工最爲得体即其工緻蓋淺於江淹切于徐陵也 桃浪

巃屏曰清韻逸才最妙在寫意處

湖州謝上表

臣軾言蒙恩就移前件差遣已於今月二十日到任上訖者風俗阜安在東南號爲無事山水清遠本朝廷所以優賢顧惟何人亦與茲選臣軾中謝伏念臣性資頑鄙名迹堙微議論闊疎文學淺陋凡人必有一得而臣獨無寸長荷先帝之誤恩擢寘三館蒙陛下之過聽付以兩州非不欲痛自激昂少酬恩造而才分所局有過

卓吾曰悠而甚矣

無功法令具存雖勤何補罪固多矣臣猶知之
夫何越次之名邪更許借資而顯受顧惟無狀
豈不知恩此葢伏遇皇帝陛下天覆羣生海涵
萬族用人不求其備嘉善而矜不能知其愚不
適時難以追陪新進察其老不生事或能牧養
小民而臣項在錢塘樂其風土魚鳥之性旣自
得於江湖吳越之人亦安臣之敎令敢不奉法
勤職息訟平刑上以廣朝廷之仁下以慰父老

之望臣無任

按元豐二年三月公自徐州移知湖州四月到任是歲言事者以是謝表爲謗七月使皇甫遵道湖州追攝赴獄　㩘屏

詹五聚曰對偶精奇造語的當惟空空說去自是川月嶺雲不可把玩宜与王元之謫守黄岡表出入

卓吾曰引咎之詞哀而不傷遜而不緣善哉為言

到黄州謝表

臣軾言去歲十二月二十九日準勅責授臣檢校尚書水部員外郎充黄州團練副使本州安置不得簽書公事臣已於今月一日到本所訖者狂愚冒犯固有常刑仁聖矜憐特從輕典赦其必死許以自新祇服訓辭惟知感涕中謝伏念臣早緣科第誤忝縉紳親逢睿哲之興遂有功名之意亦嘗召對便殿考其所學之言試守

鍾伯敬曰温恭不必言隱隱氣骨在筆舌內外

麓屏曰懇惻可憐之狀見者酸心安得不動聖明之聽此坡公所以獨免群小貝錦之禍也

三州觀其所行之實而臣用意過當日趨於迷賦命衰窮天奪其魄叛違義理辜負恩私莅如醉夢之中不知言語之出雖至仁屢赦而衆議不容案罪責情固宜伏斧鑕於兩觀推恩屈法猶當禦魑魅於三危豈謂尚玷散員更叨善地投畀麏鹿之野保全樗櫟之生臣雖至愚豈不知幸此葢伏遇皇帝陛下德刑並用善惡兼容欲使法行而知恩是用小懲而大戒天地能覆

伯敬曰語有斟酌

載之而不能容之於度外父母能生育之而不能出之於衆中伏惟此恩何以爲報惟當蔬食沒齒杜門思愆深悟積年之非永爲多士之戒貪戀聖世不敢殺身庶幾餘生未爲棄物若獲盡力鞭箠之下必將捐軀矢石之間指天誓心有衆無易臣無任

按湖州謝表中有愚不識時難以追陪新進老不生事或能牧養小民句御史何中正惡其妄自尊大又李定王安石客也恨公劾其不服母喪故自

湖州繫獄御史臺后獄俱止安置黃州

麓屏

攏屏曰倫吐

謝失覺察妖賊放罪表

臣軾言去年十二月十五日准淮南轉運司牒奉聖旨差官取勘臣前任知徐州日不覺察百姓李鐸部進等謀反事臣等具析在任日曾選差沂州百姓程棐令緝捕凶逆賊人致棐告獲前件妖賊因依乞勘會施行至今年七月二日復准轉運司牒坐准尚書刑部牒奉聖旨蘇軾送尚書刑部更不取勘盜發所臨守臣固當重

事實而情緒尤懇惻可憫

又曰無官二語促悽婉

責罪疑則赦聖主所以廣恩自驚廢逐之餘猶在憖憐之數臣軾誠惶誠恐頓首頓首伏念臣早蒙殊遇擢領大邦上不能以道化民達忠孝於所部下不能以刑齊物消姦宄於未萌致使妄庸敢圖僭逆原其不職夫豈勝誅况兹潢潰之中重遇雷霆之譴無官可削撫己知危至於捕斬羣盜之功乃是憐近一夫之力靖言其始偶出於臣雖爲國督奸常懷此志而因人成事

> 又曰頌聖引
> 事切

豈足言勞勉自列於消埃庶少寬於斧鉞豈謂
蕩然之澤許以勿推收驚魄於散亡假餘生之
晷刻退思所自爲幸何多此蓋伏遇皇帝陛下
舞虞舜之干示人不殺視成湯之網與物求生
其間用刑本不得已稍有可赦無不從寬務在
考實而原情何嘗記過而忘善蓋悟向時之所
坐皆是微臣之自貽感愧終身論報無地布衣
蔬食或未死於饑寒石心木腸誓不忘於忠義

臣無任

钃屏曰悽慘憤惋令人嘅歔欲絶

謝量移汝州表

臣軾言伏奉正月二十五日誥命特授臣汝州團練副使本州安置不得簽書公事者稍從内遷示不終棄罪已甘於萬死恩實出於再生祗服訓詞惟知感涕伏念臣向者名過其實食浮於人兄弟並竊於賢科衣冠或以爲盛事旋從册府出領郡符既無片善可紀於絲毫而以重罪當膏於斧鉞雖蒙恩貸有愧平生隻影自憐

○伯○歆○曰○

卓吾曰長歌之哀

又曰自道實事

蔣一葵曰疾病四語達者之言

命寄江湖之上驚魂未定夢游縲紲之中憔悴非人章狂失志妻孥之所竊笑親友至於絶交疾病連年人皆相傳爲已死飢寒併日臣亦自厭其餘生豈謂草芥之賤微尚煩朝廷之紀錄開其惆悔許以甄收此葢伏遇皇帝陛下湯德日新堯仁天覆建原廟以安祖考正六宮而修典刑百廢具興多士爰集彈冠結綬共欣千載之逢掩面向隅不忍一夫之泣故推消滴以及

可憐

伯敬曰駡人

焦枯顧惟效死之無門殺身何益更欲呼天而
自列尚口乃窮徒有此心期於異日臣無任

按神宗嘗語宰相王珪蔡確命公成國史珪有難
色帝曰軾不可姑用曾鞏〻進太祖總論帝意不
允手札移公汝州　麓屏

麓屏曰文婉而麗意悲而遐在顛沛中忠赧可掬悲夫○四六精緻此不足為難而曲盡情景描寫毫素千載如見是為難耳

伯敬曰字字

乞常州居住表

臣軾言臣聞聖人之行法也如雷霆之震草木威怒雖甚而歸於欲其生人主之罪人也如父母之譴子孫鞭撻雖嚴而不忍致之死臣漂流棄物枯槁餘生泣血書詞呼天請命願回日月之照一明葵藿之心此言朝聞夕死無憾臣昔者嘗對便殿親聞德音似蒙聖知不在人後而狂狷妄發上負恩私既有司皆以爲可誅雖明

不肯饒人

主不得而獨赦一從吏議坐廢五年積憂薰心驚齒髮之先變抱恨刻骨傷皮肉之僅存近者蒙恩量移汝州伏讀訓詞有人材實難弗忍終棄之語豈獨知免於縲絏亦將有望於桑榆但未死亡終見天日豈敢復以遲暮爲歎更生僥覬之心但以祿廩久空衣食不繼累重道遠不免舟行自離黄州風濤驚恐舉家重病一子喪亡今雖已至泗洲而貲用罄竭去汝尚遠難於

麓屏曰長公到此可憐

又曰轉語宛摯

又曰叙事如盡頤爲頭神技也

陸行無屋可居無田可食二十餘口不知所歸饑寒之憂近在朝夕與其強顔恐耻干求於衆人不若歸命投誠控告於君父臣有薄田在常州宜興縣粗給饘粥欲望聖慈許於常州居住又恐罪戾至重未可聽從便安輒敘微勞庶蒙恩貸臣先任徐州日以河水浸城幾至淪陷臣日夜守捍偶獲安全曾蒙朝廷降勑奬諭又嘗選用沂州百姓程棐令購捕凶黨致獲謀反妖

賊李鐸郭進等一十七人亦蒙聖恩保明放罪
皆臣子之常分無涓埃之可言冐昧自陳出於
窮廹庶幾因緣僥倖功過相除稍出羈囚得從
所便重念臣受性剛褊賦命奇窮旣獲罪於天
又無助於下怨仇交積罪惡橫生羣言或起於
愛憎孤忠遂陷於疑似中雖無愧不敢自明向
非人主獨賜保全則臣之微生豈有今日伏惟
皇帝陛下聖神天縱文武生知得天下之英才

已全三樂躋斯民於仁壽不棄一夫勃然中興可謂盡善而臣抱百年之永嘆悼一飽之無時貧病交攻死生莫保雖鳧鴈飛集何足計於江湖而犬馬蓋帷猶有求於君父敢祈仁聖少賜矜憐臣見一面前去至南京以來聽候朝旨干冒天威臣無任

觀子瞻乞恩君父處不以一字低眉權貴可知今人媚权貴而抗君父以爲名真罪人也　伯敬

麓屏曰言言悽惋

到常州謝表二首

臣軾言先蒙恩授汝州團練副使本州安置尋
上表乞於常州居住奉聖旨依所乞臣已於今
月二十二日到常州訖者積釁纍難磨未經洗滌
至仁易感許即便安祇荷寵靈惟知感涕中謝
伏念臣所犯罪戾本合誅夷向非先帝之至明
豈有餘生於今日銜恩未報有志不從已分沒
身寄殘骸於魑魅敢期擇地收暮景於桑榆此

又曰此首更覺懇至

葢伏遇皇帝陛下仁孝生知聰明天縱寅奉上
帝之眷命述修累聖之成謀念此管蒯之微庶
幾簪履之舊俾安田畝稍出縲囚飽食無思但
日陶於新化杜門自省當益念於往愆臣無任

又

罪大人微自甘永棄食貧口衆未免求安忽奉
俞音出於獨斷仰銜恩施不覺涕零中謝伏念
臣猥以凡材早塵仕籍生逢有作之聖獨抱不

移之愚廢棄六年已忘形於田野泝沿萬里偶
脫命於江潭豈謂此生得從所便此蓋伏遇太
皇太后陛下厚德載物至仁代天春生秋成本
無心於草木風行雷動自有信於蟲魚致此幽
頑亦叨恩宥耕田鑿井得漸齒於平民碎首刳
肝尚未知其效所臣無任

按公未至汝州上書自言飢寒有田在常州願居
之朝奏夕報可因到常州謝表　龔屏

饔屏曰詞不鄙琢而實鄙琢忠婉之言讀者不忍釋手

伯敬曰引咎語有身分有地步

登州謝上表二首之一

登雖小郡地號極邊自驚縲絏之餘忽有民社之寄拜恩不次隕涕何言中謝臣聞臣不容則失身而臣無周身之智人不可以無學而臣有不學之愚積此兩愆本當萬死坐受六年之謫甘如五鼎之珍擊鼓登聞止求自便買田陽羨誓畢此生豈期枯朽之中有此遭逢之異收召魂魄復爲平人洗濯瑕玼盡還舊物此蓋伏遇

皇帝陛下内行曾閔之孝外發禹湯之仁日將
旦而四海明天方春而萬物作於其黨而觀過
謂臣或出於愛君就所短而求長知臣稍習於
治郡致兹異寵驟及非才恭惟先帝全臣於衆
怒必死之中陛下起臣於散官永棄之地没身
難報碎首爲期臣無任

按公前年上書求居常州及到南京有放歸陽羡之命遂居常五月內復朝奉郎知登州　麓屏

麐屏曰長公
亦慮及此

辭免起居舍人第二狀

右臣近奉乞辭免起居舍人恩命准尚書省劄子奉聖旨不許辭免者天威在顔不違咫尺命於子惟所東西況茲久廢之餘敢有不回之意伏念臣受性褊狷賦命奇窮既早竊於賢科復濫登於册府多取天下之公器又處衆人之所爭若此而全從來未有今者出於九死之地始有再生之心危迹粗安驚魂未返若縣膺非

又曰誠然

分之寵恐別生意外之憂縱無人災必有鬼責伏望聖慈廓天地包函之量推父母愛憐之心知其實出於至誠止欲自處於無過追還新命更選異材使之識分以安身就與包羞而冒寵再伸微懇伏俟重誅所有告身臣不敢祗受

按元豐八年公知登州再過密州到郡五日以禮部郎召到省半月除起居舍人　麓屏

辭免中書舍人狀

右臣准閤門告報，已降告命，除臣試中書舍人者。伏念臣頃自貶所起知登州，到州五日而召，以省郎到省半月而擢爲右史。欲自勉强，少酬恩私，而才無他長，職有常守，出入禁闥三月有餘，考論事功一毫無取。今又月榮直授，躐衆驟遷，非次之陞，既難以處；不試而用，尤非所安。願回異恩，免速官謗，所有告身，臣不敢祇受。

按元祐元年公以七品服入侍延和改賜銀緋尋除

中書舍人　　蘿屏

鸞屏曰精緻雅妙使居正始之間必在能言之流四六之能無論耳

六弘曰天然的對

謝中書舍人表二首

臣軾言伏奉制命授臣試中書舍人仍改賜章服者右史記言已塵高選西垣視草復玷近班皆儒者之至榮豈平生之所望竊以詞命之職古今所難非獨取之於文蓋將試之以事至於機務亦或與聞雖四戶擅權非當時之公議而五花判事亦前代之美談及夫三字之除乃是一切之政但謂內朝之法從安知宰相之屬官

又曰隊仗整齊

既任止於訓詞故權移於胥吏恬不知怪習爲
故常先皇帝道冠百王法垂萬世建六官而修
故事闢三省以待異人典章一新名實皆正遂
申明於四禁俾分領於六曹遠則追直閣之司
近則通檢正之任雖未聞政而聞事蓋須有德
而有言如臣之愚無一而可草創潤色既非鄭
國之材除書德音又乏唐人之譽忽當此選莫
測其由此蓋伏遇皇帝陛下將聖與仁能哲而

欐屏曰何人
思密到此

五聚曰常受
先朝二句用
實事

惠雖在三年不言之際已有十日並照之光而
臣日侍邇英親聞訪道仰天威之甚近知聖鑒
之難逃謂臣嘗受先朝之知實無左右之助棄
瑕往昔責效將來臣敢不益勵素心無忘舊學
上體周公煩悉之誥助成漢家深厚之文苟無
曠官其敢言報臣無任

又

聖神獨斷出成命於省中哀病增光溢虚名於

朝右訓詞之重士論所榮臣聞有言逆心此古人所以顛沛積毀銷骨非聖主莫能保全臣本受知於裕陵亦嘗見待以國士嘉其好直許以能文雖竄謫流離之餘决無可用而哀憐收拾之意終不少衰抱弓劍以長號分簪履之永棄豈期晚遇又過初心剏外制之深嚴極西垣之清要在唐之盛以馬周岑文本爲得人近世所傳有楊億歐陽修之故事不試而用于今幾人

一葵曰在唐之盛二聯以近事對古事也

遂超同列之先遠繼前修之末夫何頑鈍有此
遭逢此葢伏遇太皇太后陛下憂國忘家愛民
如子憂深故任其事者重愛極故爲之慮也長
敷求哲人以遺嗣聖所以兼收而並用庶幾有
得於其間臣敢不盡其所能期於無愧始終自
誓故常以道而事君夷嶮不同則必見危而授
命臣無任

麓屏曰偶語如此流動

辭免翰林學士第二狀

右臣近者奏乞辭免翰林學士知制誥恩命伏蒙降詔不允者天地之恩義無所謝父母之訓理不可違而臣至愚尚守所見再傾微懇不避重誅非獨以學問荒唐文詞鄙淺已試無效如前所陳實以勞舊尚多必有積薪之誚兄弟並進豈無連茹之嫌誠不自安非敢矯飾伏望聖慈亮其悃愊特許追還庶免人言俾得自效所

有告命、臣不敢祇受、

按元祐元年公為中書舍人復遷翰林學士知制誥

蘐屏

蘇長公表目卷二

杭州謝上表二首

杭州謝放罪表二首

賀明堂赦書表二首之一

謝賜曆日詔書表二首之一

賀興龍節表

賀坤成節表

侍講說書官爲經筵進講孟子終篇謝賜

金帶牙簡同侍讀修注官謝賜御筵及

謝三伏早休表二首

謝除龍圖閣學士知潁州表二首

六弘曰在禁院表章須要官樣玉堂賜篆一聯便是臺閣氣象末聯尤見切當

一揆曰起用成語妙甚

又曰是一篇翰林院記

蘇長公表卷二

謝宣召入院狀二首之一

右臣今月日西頭供奉官充待詔董士隆至臣所居奉宣聖旨召臣入院充學士者詔語春温再命而僂使華天降一節以趨在故事以嘗聞豈平生之敢望省循非稱愧汗交深竊以視草之官自唐爲盛雖職親事秘號爲北門學士之榮而祿薄地寒至有京兆掾曹之請豈如聖代

攢屏曰清廟明堂之音冠裳佩玉之度
一夔曰按淳化中太宗嘗御書玉堂之署四字扁翰林院故事學士賜御仙花帶而不佩魚惟二府佩之號曰重金學士得佩則元豐新制也

一振儒風非徒好爵之縻兼享大烹之養玉堂
賜篆仰淳化之彌文寶帶重金佩元豐之新渥
旣厚其禮愈難其人而臣以空疎冗散之材衰
病流離之後生還萬里坐閱三遷不緣左右之
容躐處賢豪之上此蓋伏遇皇帝陛下生資文
武天祚聖神雖諒陰不言尚隱高宗之德而訪
落求助已啟成王之心首擇輔臣次求法從知
人材之難得采虛名而用臣敢不益勵初心力

圖後効才不逮古雖慙內相之名志實在民庶免私人之誚

麓屏曰開口便整雅

謝對衣金帶馬表二首

臣軾言伏蒙聖慈以臣入院特賜衣一對金腰帶一條金鍍銀鞍轡馬一疋被三品之服章君子所以昭令德分六閑之駬駿朝廷所以旌有功顧惟何人亦與茲寵拜恩俯僂流汗交并臣軾中謝伏念臣人微地寒性迂才短襲布韋而自薦偶忝縉紳駕欵段以言歸終安畎畝豈謂便蕃之錫萃於衰病之軀此蓋伏遇皇帝陛下

又曰出經入傳

總覽衆工財成大化至誠樂與有緇衣之好賢
俊民用章無自駒於空谷不違寒陋亦被光華
攬佩以思遂識斷金之義舉鞭自誓敢忘希驥
之心臣無任

又

命服出笥榮動搢紳左驂在廷光生徒馭德不
稱物愧無所容臣軾中謝伏念臣衰朽無功蠢
愚不學巳分鵜梁之刺敢逃負乘之譏再惟此

又曰用語典擴切題氣象亦軒偉

恩何自而至此蓋伏遇太皇太后陛下至神廣運盛德兼容躬周公之勤勞而逸於委任實老氏之慈儉而俊於禮賢致此光榮下及微陋慨然攬轡敢有意於澄清朿以立朝尚可言於賓客臣無任

着意精核摛詞鑑鑄試擲地必作金聲 麓屏

麓屏曰此表簡質妥甚風味

謝除侍讀表二首之一

臣軾言今月一日蒙恩除臣兼侍讀者北門視草已叨儒者之極榮西學上賢復玷侍臣之高選省循非稱愧汗交懷中謝竊惟講讀之臣止以言語爲職考功課吏無殿最之可書陳善閉邪有膏澤之潛潤豈臣愚陋亦所克堪此葢伏遇太皇太后陛下憂思深長德業久大受先帝投艱之託爲神孫經遠之謀故選左右前後之

人罔非吉士使知興亾治亂之效莫若多聞謂
臣雖無大過人之才知臣粗有不欺君之實故
使朝夕與於討論奉永日之清閑未知所報畢
微生於盡瘁終致此心臣無任

六弘曰雲錦天章迴映簡冊用事引意允外游夏之堂鍾王之室矣若朱邪赤子自可坐於廊廡之間

謝賜御書詩表

臣軾言今月十五日賜宴東宮伏蒙聖恩差中使就賜臣御書詩一首者玉斝金尊霈若雲天之澤寶章宸翰煥乎奎壁之文喜溢心顏光生懷袖伏念臣猥緣末技獲玷清流早歲數奇已老江湖之上餘生何幸得依日月之光入侍燕閒與聞講學卒桓榮之業因人而成登劉洎之床則臣豈敢夫何珍賜亦及微軀此蓋伏遇皇

帝陛下道本生知才惟天縱文不數於游夏書
已逼於鍾王心慕手追陋文皇之由學筆縱字
大笑宋武之未工知臣遭遇之難欲以顯榮其
老鏤之金石庶傳玩於人人付與子孫俾輸忠
於世世臣無任

麓屏曰精切典要不容增減一字

謝三伏早出院表

臣軾言君逸臣勞固上下之分金伏火見亦消長之常乃緣異恩而許夙退中謝伏念臣等誤緣末技得罪禁林戴星而朝雖粗輸其勤拙竊日之力卒無補於絲毫遽蒙假借之私得遂委蛇之樂此蓋伏遇太皇太后陛下嚴於恭己恕以馭臣事旣省於清心日自長於化國朝而不夕前追靜治之風伏當早歸下遂疎愚之性臣

無任

麓屏曰按元祐元年公任翰林學士二年兼侍讀四年公度不為當軸者所容遂請外拜龍圖閣學士知杭州

謝除龍圖閣學士表二首

臣軾言伏蒙聖恩以臣累章請郡特除臣龍圖閣學士知杭州者中禁寶儲上應奎壁之象先朝謨訓遠同河洛之符隸職其間省躬非據伏念臣學非有得愚至不移雖叨過實之名卒無適用之器少時妄意蓋嘗有志於事功晚歲積憂但欲歸安於田畝屬聖神之履運荷識拔之非常猶冀桑榆之收遽追犬馬之疾力求閑散

又曰恐當時未必体亮至此

又曰長公直節忠胆具見筆端

庶免顛擠豈謂皇帝陛下聖度包荒天慈委照察其才有所短不欲強置之禁嚴知其進不由人故特保全其終始遂加此職以責其行臣敢不仰緣末光益勵素守往何之而不可中無愧之爲安但未死亡必期報塞臣無任

又

北扉清密久愧素飡內閣深嚴復膺殊寵以榮爲懼有醜在顔伏念臣賦命數奇與人多忤遭

六弘曰盛称仁祖英廟裕陵知遇之深忽接以流離二語而復不露所以流離窮薄之故令人主思而自得之

又曰文情曲折

遇仁祖忝竊賢科繼蒙英廟之深知尤荷裕陵之見器而流離若此窮薄可知晚覩日月之光常恐鉼罍之溢故求閑散以避災迍豈謂太皇太后陛下天高聽卑坤厚載物愛惜臣下固無異於子孫委任官師本不分於中外致茲衰病不失清華然臣辭寵而益榮求閑而得劇雖云稍遠於爭地尚恐終非其所安敢不磨鈍自修履冰知戒庶全孤節少答殊私

麓屏曰典雅如出夙構

謝賜對衣金帶馬表

臣軾言伏蒙聖恩特賜衣一對金腰帶一條金
渡銀鞍轡一副馬一匹者命服斯皇詩詠周宣
之德康侯用錫易稱王母之仁恵澤所加臣工
知勸伏念臣資材朽鈍學術空踈矧茲衰病之
餘豈復光華之羨荷寵章之蕃庶人以爲榮顧
形影之支離臣惟自愧此葢伏遇太皇太后陛
下知人堯哲徧物舜仁時遣拾遺補過之臣出

又曰出入風雅居然先民矩矱

爲承流宣化之任子衣安吉不待請而得之我馬虺隤蓋知勞而賜者敢不勉思忠盡務報國勤永惟廐庫之珍莫非民力無忘獄市之寄以副上心

寥寥數語具見工切　鹿門

杭州謝上表二首

始衰而病，豈非滿溢之災；乞越得杭，又過平生之望。中謝伏念臣起自廢黜，驟登禁嚴，畢命馳驅，未償萬一，懷安退縮，豈所當然。蓋散材不任於斧斤，而病馬空縻於芻粟。故求外補，以盡餘年。豈期避寵而益榮，求閑而得劇。此蓋伏遇皇帝陛下剛健中正，緝熙光明。無爲蓋虞舜之仁，篤學有仲尼之智。而臣猥以末技，日奉講帷。凜

麓屏曰似不經意而出更饒神景此正長公長技

然威光近在咫尺惟古人責難之意毋不自量
方陛下好問之初遽以疾去推之理數可謂奇
窮荷眷遇之不移竊恩榮而愈重雖雨露之施初
不擇物而犬馬之報期於殁身

又

入奉禁嚴出膺方面皆人臣之殊選在儒者以
尤榮 中謝 伏念臣受寵逾涯積憂成疾既思退
就於安養又欲少逃於滿盈仰荷至仁曲從微

又曰知朝廷一聯巧妙天然

顧江山故國所至如歸父老遺民與臣相問知
朝廷輟近侍爲太守葢聖主視天下如一家鞭
朴未施爭訟幾絶臣之厚幸豈易名言此葢伏
遇太皇太后陛下天地之仁賢愚兼取日月之
照邪正自分每包函其惷迂欲保全其終始兄
弟孤立嘗親奉於德音夙生不移更誓名於晩
節臣無任

鹿門曰長公往往以疏直得罪故其言多危多懼

杭州謝放罪表二首

臣軾言臣近以法外刺配本州百姓顔章顔益二人上章待罪奉聖旨特放罪者職在承宣當遵三尺之約束事關利害輒從一切之便宜曲荷天慈不從吏議伏念臣早緣剛拙屢致憂虞用之朝廷則逆耳之奏形于言施之郡縣則疾惡之心見于政雖知難每以爲戒而臨事不能自回苟非日月之明肝膽必照則臣豈惟獲罪

於今日久已見傾於衆言恭惟皇帝陛下睿哲
生知清明旁達委任羣下退託於不能愛養成
材惟恐其有過知臣欲去一方之積弊須除二
猾以示民特屈憲章以全器使臣敢不省循過
咎祗服簡書眷此善良自不犯於漢法時有貸
捨用益廣於堯仁臣無任

又

亂羣之誅不請而决葢恩威之無素致奸猾之

敢行方俟譴訶豈期寬宥伏以法吏綱密蓋出
於近年守臣權輕無甚於今日觀祖宗信任之
意以州郡責成於人豈有不擇師帥之良但知
繩墨之馭若平居僅能守法則緩急何以使民
顧臣不才難以議此恭惟太皇太后陛下寬仁
從衆信順得天推一身之至公納萬方於無罪
而臣始終被遇中外蒙恩謂事有專而合宜情
無他而可恕故加貸捨以示寵綏朝廷之明粗

以臣爲可信。吏民自服。當不令而率從。臣無任、

麟屏曰典博古雅璀璨陸離

賀明堂赦書表二首之一

臣軾言宗祀告成修累朝之盛典端門肆眚答萬宇之歡心凡有識知舉增抃躍竊謂祖宗恩信之所被譬如天地寒暑之不差將推作解之仁必在當郊之歲恭惟皇帝陛下憲章六聖左右三靈上帝眷而風雨時壬人去而蠻夷服講明大禮對越昊天懷柔百神嚮用五福大河修復奏執道於東流藩邸顧懷錫鴻名於西府臣

備員法從待罪守臣想聞路寢之鼓鍾曾叨奉
引嘉輿海隅之草木同被恩私臣無任

鬱屏曰礭有根據

謝賜曆日詔書表二首之一

臣軾言伏蒙聖恩特賜臣詔書并元祐五年曆日一卷者竊惟稽古之君必以授時爲急底日不失日官旣有常先時不及時罰在無赦申以丁寧之詔致其惻怛之誠習見頒行正謂有司之故事考其情實則本聖人之用心臣軾中謝恭惟太皇太后陛下元功在天盛德冠古順帝之則雖並用於恩威與物爲春蓋同歸於仁厚

而臣入奉講學出牧農民忝布詔書悉傳閭里

庶德音之昭格致嗣歲之豐穰臣無任

賀興龍節表

臣軾言：天佑民而作君，惟德是輔；帝王商而立子，有開必先。納富壽於方來，實兆基於茲日。臣軾中賀。恭惟皇帝陛下文思天縱，聖敬日躋。以若稽古之心，上遵王路；行不忍人之政，下酌民言。神聽靖共，天壽平格。臣久塵法從，出領郡符，奉萬年之觴，雖阻陪於下列；接千歲之統，猶及見於昇平。草木之情，日月所照。臣無任

儷屏曰：無一祝君套語，只寫仁壽氣象，乃其深於祝也。

蘇長公表　卷二　十七

六弘曰此表浮贊頌母后体

賀坤成節表

臣軾言仁惟天助壽不假於禱祈澤在民心言自成於雅頌恭臨誕月仰祝聖期雖凡庶之何知亦臣子之常分中謝恭惟太皇太后陛下儲神天地託國祖宗元動本自於無心神智實生於至靜同守大器于玆六年放億萬之羽毛未若消兵以全赤子飯無數之緇褐豈如散廪以活飢民臣躬領郡符目覩玆事載瞻象闕阻奉

璲觴嘉與海隅之人同聲華封之祝臣無任

五聚曰表目甚繁而一氣渾成绝無斷綴遺漏之病

又曰工綴典切

侍講説書官爲經筵進講孟子終篇謝賜金帶牙簡同侍讀修注官謝賜御筵及鞍馬香茶進詩表

華光講藝備觀亞聖之書蓬省賜筵並錫多儀之寵感洪恩而播詠瞻丹扆以颺言竊以漢帝論經虎觀俟賜衣之渥唐宗嚮學瀛洲疏給膳之榮意皆寓于隆儒禮特豐于節下矧輒書之妙旨傳孔道之正宗由義居仁七篇之言靡不

載垂憲誥後百世之王莫能違于穆熈朝若稽
丕訓祖禹發明于元祐表臣敷繹于紹興逮聖
神尊德以有爲于問學逢原而自得細旃晝訪
聆責難陳善之規歲弁星環探知性盡心之藴
華編甫徹謏聞奚裨疇侍言講學之勞曁著記
纂修之職鏐鞶絢釆復欽象齒之珎玉掌示慈
咸綴麟臺之席上駟式調于沃轡團龍交粲于
奇芬稽古所無省躬莫稱歸美以報拜手載朝

鸞屏日月華
星彩呈露扁
中

贊至聖之大成述君臣之相説辭陳約禮遠希
積翠之篇句寫賜戕俯效集仙之飲退慙斐墨
曷對閎休兹葢伏遇皇帝陛下居安資深守約
施博覽大賢之論集興盛治之雍熙德醉從容
秩太清之華燕幣將曷奕邁崇政之彝文臣等
職愧簪婭恩沾同樂讀古書而尚友諒懷望道
之思頌清廟以致平期盡事君之義

賀立皇后表二首之一

臣軾言伏覩制書今月十六日皇后受冊禮成者纘女維莘俔天之妹事關廟社喜溢人神中

賀臣聞三代之典皆有內助二南之化實本人倫維關雎正始之風具既醉太平之福民有所恃邦其永昌恭惟皇帝陛下自誠而明惟睿作聖輯寧夷夏德既茂於治朝輔順陰陽政兼修於內職既膺大慶益廣至仁下逮海隅夫婦無

有愁歎上符天造日月爲之光明受祿無疆與
民同樂臣無任

灌屏曰起一聯雋

賀坤成節表

臣軾言歲復六壬襲嘉祥於太史火流七月紀令節於詩人盡海宇之含生舉欣榮於兹日臣某中賀臣聞君以民爲心體天用民爲聰明未有心胖而體不紓民恍而天不應故好生惡殺是爲仁壽之基捐利與民斯獲豐年之慶恭惟太皇太后陛下恭儉一德勤勞百爲推天覆地載之心阜成民物盡父教母憐之道誨養臣鄰

共知難報之恩必享無疆之福臣以出守淮海
無由躬詣闕庭臣無任

麓屏曰兩狀筆端淋漓如百花飲露姿態各出

謝賜對衣金帶馬狀二首

三賜之重莫隆於車馬五采之貴兼施於衣裳汝必有功服之無斁而臣衰年弱幹固難強於馳驅枯木朽株本不願於文繡寵加意外愧溢顏間此蓋伏遇皇帝陛下因能任官稱物平施操名器以厲士上有誠心正銜勒以馭人下無遺力臣敢不思稱其服益勵厥躬雖愧立朝乏能言之近用猶希辨道輸老智於暮年臣無任

一葵曰警策可誦

巘屏曰工巧絕倫

又

服章在笥賁及衰殘銜勒過庭喜先徒御伏以物生有待天施無窮草木何知冐慶雲之渥采魚鰕至陋借滄海之榮光雖若可觀終非其有妻孥相顧驚屢致於匪頒道路竊窺或反增於指目此蓋伏遇太皇太后陛下聰明齊聖陳錫哉周含垢匿瑕而察於求賢卑宮菲食而侈於養士士豈輕於千里念非其人言有重於兼金

當思所報臣無任

五聯日涯藏
典雅

上太皇太后賀正表

堯曆授時夏正建統氣迎交泰之會祥應重明之朝恭惟太皇太后陛下道無能名德溥而化天人所助本義易之益謙慈儉不居得老氏之三寶時逢吉旦福集清言臣職守江湖心馳象魏天威咫尺想聞清蹕之音眉壽萬年遠奉稱觴之慶

麗屏曰按元祐六年公在杭州召還除翰林承旨復侍迩英

謝宣召再入學士院二首

右臣今月十一日翰林待詔梁迪至臣所居奉
宣聖旨召臣入院充學士承旨使星下燭生蓬蓽之光華天澤旁流失桑榆之枯槁國有用儒之盛士知稽古之榮伏以翰墨之林號稱內相文章之外不取他才至於用人可以觀政文武並用或成頗牧之功邪正雜居至有丕文之患惟貴且近故難其人而況金鑾玉堂親被絲綸

又曰詞麗意懇昂然可掬

又曰按公嘗鎖宿禁中召

之容北廳東閣獨稱年德之高必有異人以齊衆口而臣本緣衰病出守江湖以一方凋弊之餘當二年水潦之厄戴星而治僅免流離及瓜而還恍如夢寐交親迎勞都邑聚觀驚華髮之半空笑丹心之未折宜投閑散以養衰殘豈期過採於虛名復使榮加於舊物此葢伏遇皇帝陛下德如乾健明配日中既祖述於堯仁復躬行於舜孝才難之歎人誦斯言緣先帝之德音

對便殿宣仁后曰卿官遷至此乃先帝意也先帝每誦卿文章必嘆曰奇才奇才但未及進用卿耳公不覺哭失声宣仁后與哲宗亦泣

收孤臣於散地言雖直而無罪身愈遠而益親委曲保全始終録用臣敢不更磨朽鈍少補涓埃難得者時未有捐軀之會勿欺而犯誓無患失之心臣無任

鼇屏曰精忠貫日

又

衰遲無用寵旣溢於當年眷待有加恩復隆於晚節使華臨賁天語丁寧聳里巷之驚觀歎朝廷之用舊伏以禁林分直法本六人帝語親承

五聯口數聯俱切召用意

舊惟一老不緣名次之先後斷自上心之簡求
冠內朝供奉之班極儒者遭逢之盛凡膺此選
宜得異材而臣本以愚忠累塵器使初無已試
之效但有過實之名千里闕庭二年江海憂深
投杼豈無三至之言詔復賜環不待一人之譽
此伏遇太皇太后陛下道無私載公生至明以
七年之照臨觀羣臣之邪正知臣剛褊自用雖
有寬饒之狂察臣招麾不移庶幾長孺之守故

還舊物益茂新恩臣敢不早夜以思歿生不易雖桑榆之景已迫殘年而犬馬之心猶思後效臣無任

麓屏曰長公衣金帶馬狀至此凡六見美每篇自為体格各成韻調直如玄圃積玉無非夜光

謝賜對衣金帶馬狀二首

漢官三服已分客麗之珍唐監八坊復下權奇之駿拜嘉甚寵省已何功伏念臣受材迂踈賦命寒蹇幼師季路止服緼袍長慕少游欲乘下澤目眩重金之耀神驚四牡之良俛仰自惟周章失次此蓋伏遇皇帝陛下憂勤黎庶寤寐儁賢故損廐庫之儲以廣英雄之㲄致茲孱陋亦被寵光臣敢不求稱于衷益鞭其後薄德盛服

當戒維鵜之篇強力安邦庶幾有駜之頌臣無任

又

鏤錫金軛示有馳驅之勞寶帶襲衣豈無約束之義上既循名而責實下當因物以貢誠伏念臣少則賤貧長而困阨仲卿龍具追晏子之一裘伯厚雞栖陋景公之千駟無功拜賜服寵汗顏顧惟何人膺此異數此葢伏遇太皇太后陛

下躬行慈儉德貫天人約於奉己而後於養賢
嚴於私親而寬於馭衆憐其朽鈍借以光華臣
敢不衣被訓詞服勤鞭箠惟德其物永觀不易
之言思馬斯徂更厲無邪之志臣無任

一蔡曰時頴濵已居政地不許引嫌故也

謝兼侍讀表二首

用非其分寵至若驚滿溢之憂逡巡莫避伏念臣與弟轍同登進士並擢賢科内外分掌於制書先後迭居於翰苑今臣以經史入侍司言行于中轍以丞轄立朝督綱條于外恭承明詔不許固辭以爲兄弟之同升自是朝廷之盛事承明三入僅比古人大雅一門無慚舊史人非木石恩重丘山恭惟太皇太后陛下明極照臨憂

深付託欲爲社稷之衛莫如臣僕之賢以帝堯
之哲而甚畏於壬人以孔子之聖而思見於狷
者致兹選擢驟及迂愚臣敢不淬勵初心激昂
晚歲誓堅必死之節少報不貲之恩臣無任

襲屏曰用句用字俱不苟

謝三伏早休表二首

大火既中三庚云伏炎熏之病貴賤所同忽蒙退食之恩遂失流金之酷恭惟皇帝陛下仁均動植明燭幽微上有無逸之勤下無獨賢之歎臣等逢時多暇竊禄安居共揚扇膈之風以安黎庶更勵飲冰之節少荅生成臣等無任

又

星火見而金微日方可畏朝氣鋭而晝惰恩獲

又曰典而麗

少休上既知勞下皆忘暑恭惟太皇太后陛下勞謙恭巳內恕及人雖天地無一物之私而父母有至誠之愛臣等仰蒙寬假動獲便安未明無顛倒之衣省循何幸夙退有委蛇之食歌詠而歸臣等無任

五雅曰二表音響而氣和居然四六之勝
麓屏曰長公四六妙在不着一毫脂粉

謝除龍圖閣學士知潁州表二首

臣軾言伏蒙聖恩以臣累章乞郡除臣龍圖閣學士知潁州者引嫌求避顧舊典之甚明易職寵行荷新恩之至厚踈愚自省慙悚交并中謝伏念臣學陋無聞性迂難合受四朝之知遇竊五郡之蕃宣吳會二年但坐縻於廩祿禁林數月曾未補於絲毫敢與殊私復還舊物恭惟太皇太后陛下仁涵動植明燭幽微知臣獨受於

聖知欲使曲全於晩節憐其無用許以少安几
力請八章而後從使不爲一乞而遽去在臣進
退可謂光榮雖老病懷歸已功名之無望而衷
誠思報尚生死之不移臣無任

又

備員經席幸依日月之光引避親嫌實有簡書
之畏恩還舊職寵寄近蕃衰朽增華省循知愧
中謝伏念臣生無他技天與愚忠雖所向之奇

麓屏曰讀之惻然

竊獨受知於仁聖力求便郡益常懷老退之心伏讀訓詞有不爲朕留之語殊私難報危涕自零恭惟皇帝陛下緝熙光明剛健篤實方收文王之四友以集孔子之大成而臣苟念餘生之安莫伸一割之用桑榆暮齒恐遂齎志而莫償犬馬微心猶恐蓋棺而後定臣無任

蘇長公表目卷三

杭州賀冬表二首
上皇帝賀冬表
英州謝上表
移廉州謝上表
謝復賜看墳寺表

麓屏曰按公年十歲見老蘇誦歐公謝宣召赴學士院仍謝賜對

蘇長公表卷三

謝賜對衣金帶馬狀二首

錫之上駟敢忘致遠之勞佩以良金無復忘腰之適執鞭請事顧影知慙恭惟皇帝陛下禹儉中修堯文外煥長轡以御卒皆四牡之良所寶惟賢豈徒三品之貴出捐車服收輯事功而臣衰不待年寵常過分枯羸之質匪伊垂之而帶有餘斂退之心非敢後也而馬不進徒堅晚節

一○葵○曰○見○成○語○亦○淺

○見○成○用○之○

衣金帶及馬來老蘇令公擬之其間有匪伊垂之帶有餘非敢後也馬不進老蘇喜曰此子他日當自用之

難報深恩臣無任

又

出笥之珎以旌有德在坰之駟豈及無功而臣首尾四年叨塵三錫省躬內灼服寵汗流恭惟太皇太后陛下慈儉自居龍光四達德被海宇豈惟一襲之衣恩結華夷何止十圍之帶羣賢在馭六轡自調而臣頃以衰羸止求安便奉宣德意庶幾五袴之謠收斂壯心無復千里之志

更期力報有愧空言臣無任

麓屏曰按元祐六年公自杭州再召入院作承旨以弟子由任尚書右丞避嫌請郡復旧職知潁州

潁州謝到任表二首

臣軾言伏蒙聖恩除臣龍圖閣學士知潁州臣已於今月二十二日到任訖者避嫌引疾慙無國士之風揣分知難粗守人臣之節曲蒙溫詔遂假名邦已見吏民惟知感怍臣某中謝伏念臣早緣多難無意軒裳晚以虛名偶塵侍從雖云時可每與願違既未決於歸田故力求於治郡慈母愛子但憐其無能明君知臣終護其所

短自欣投老漸獲安身此葢伏遇太皇太后陛下慈儉臨民剛柔布政參天地而有信喜怒不陳體水鏡之無心忠邪自辨致茲愚直亦克保全雖任職居官無過人者而見危授命葢有志焉臣無任

又

支郡責輕未即滿盈於小器豐年事簡非徒飽暖於一家覽几席之溪湖雜簿書於魚鳥平生

伯敬曰六娀媚亦倔強

麓屏曰此表
與湖州表同
一机局

一葵曰當家
語渾雄典則

伯歔曰自作
行狀

所樂臨老獲從伏以汝潁爲州邦畿稱首土風
備於南北人物推於古今賓主俱賢蓋宗資范
孟博之舊治文獻相續有晏殊歐陽修之遺風
顧臣何人亦與茲選此蓋伏遇皇帝陛下丕承
六聖總攬羣英生知仁孝之全學識文武之大
謂臣簪履之舊物嘗忝帷幄之近臣奉事七年
崎嶇一節意其忠義許國故暫召還察其老病
畏人復許補外置之安地養此散材更少勉於

桑榆。誓不忘於畎畝。臣無任。

五聚曰先叙作宫次叙赦罪後入賀德音意森然部伍而出之復排蕩自如故佳

上清儲祥宮成賀德音表二首

臣軾言伏覩九月二十七日德音以上清儲祥宮成減決四京及諸道見禁罪人者靈光下燭慶新宮之落成霈澤旁流洗庶獄之多罪散爲和氣坐致豐年臣聞舜禹之心以奉先爲孝本釋老之道以損己爲福田永惟坤作之成每辭天下之養甲宮何陋大練爲安故能捐萬金之資以成二聖之意爲國迎祥而國無所費與民

祈福而民不知勞鑾輅親臨神靈昭格覲士女之和會既同其休念囹圄之幽囚或非其罪用孚大號以達惠心恭惟太皇太后陛下恭儉以仁明哲作則愛惜帑廪不供浮費之私重慎典刑每存數赦之戒一寬湯網衆識堯心臣以從官出臨近甸率吏民而拜慶助父老之歡謡永望闕庭實同咫尺臣無任

又

蘐屏曰溥揄揚体裀麗而洒最有風度

又曰懿雅之極

又曰頌聖宣朗

琳館告成神人交慶綸音下霈過故盡除臣聞
漢武築通天之臺魏明作淩雲之觀皆厲民而
私巳或秘祝以蘄年然猶形於詠歌被之金石
而況文孫繼志神毋考祥追六聖之心本枝百
哲宗
太皇太后
世均萬方之慶囹圄一空豈惟洗濯於丹書固
巳光華於青史恭惟皇帝陛下知人堯哲克巳
禹勤積德之宫以文章爲藻飾庇民之厦以仁
義爲基扃眷樸斲之成能亦聖神之餘事臣久

叅法從夙侍經幃樂石銘詩雖幸執太史之筆大圭薦祼不獲戢屬車之塵徒與吏民共茲慶澤臣無任

六弘曰真至語

賀興龍節表

臣軾言天佑我邦祥開是日山川貢瑞日月增華伏以上聖所儲有慈儉不爭之寶輿情共獻蓋憂懃無逸之龜不待禱祠而來自然天人之應恭惟皇帝陛下堯仁舜孝禹勤湯寬德莫大於好生故以不殺爲神武道莫尊於問學故以所聞爲高明錫厥庶民嚮用五福臣備員內閣出守近畿雖違咫尺天威乃身在外而上千萬

歲壽此意則同臣無任

麓屏曰亦藻亦雅

又曰切章學

賀駕幸太學表二首

臣軾言恭聞十月十五日駕幸太學者肇同原廟旣崇廣孝之風幄次儒宮復示右文之化禮行一日風動四方臣聞五學之臨三代所共蓋天子不敢自聖而盛德必有達尊在漢永平始舉是禮雖臨雍拜老有先王之規而正坐自講非人主之事豈如允哲退託不能奠爵伏興意默通於先聖横經問難言各盡於諸儒恭惟皇

五聚曰餘韻鏗然

帝陛下文武憲邦聰明齊聖大度同符於藝祖
至仁追配於昭陵故舉舊章以興盛節臣早塵
法從久侍經幃永矣馳誠想聞合語於東序斐
然作頌行觀獻馘於西戎臣無任

又

濟濟多士靈承上帝之休雍雍在宮服膺文毋
之教風傳海宇慶溢臣工臣聞學校太平之文
而以得士爲實經術致治之具而以愛民爲心

鸞屏曰吐詞
旗錦行氣流
虹

心既立而具乃行實先克而文斯應永惟坤載
之厚輔成天縱之能惟使文子文孫莫不仁故
於先聖先師無所愧恭惟太皇太后陛下憂深
祖構德燕孫謀黃裳之文斧藻萬物青衿之政
長育羣材豈惟鼓舞於士夫實亦光華於史冊
臣冒榮滋久被遇最深外告成功行喜鶉音之
華中脩潛德孰知麟趾之風臣無任

麗屏曰組織處大是典麗精工

謝賜曆日表二首

迎日推筴雖曰百王之常後天奉時惟我二后之德伏讀詔旨灼知聖心中謝伏以嗣歲將興舊章畢舉三朝受海內之圖籍七月陳王業之艱難冬有祁寒知民言之可畏陽居大夏識天道之至仁故於頒朔之初更下布新之詔恭惟太皇太后陛下視民如子以國爲家振廩勸分人自忘於艱歲消兵去殺天必報之豐年臣敢

伯敬曰恒而奇言之小而大言之亦復無備題發論之迹

不省事清心貴農時之不奪思患預備期歲計之有餘庶竭微誠少裨洪造臣無任

又

歲頒正朔蓋春秋統始之經郡賜璽書亦漢家寬大之詔實爲令典豈是空文伏以望歲者生民之至情畏天者人君之大戒所以常言報應而不言時數每奏水旱而不奏嘉祥上有消復之心下有爕調之道固資共理同底純熙恭惟

五聚曰親切有巧思

皇帝陛下、祗敬三靈，憂勤萬宇，爲仁一日，自然天下之歸；教民七年，豈無善人之效。臣敢不仰遵堯典，寅奉夏時，謹隄防溝洫之修，行勞來安定之政，庶殫綿力，少助至仁。臣無任

麓屏曰按元祐六年公以龍圖閣學士知潁州七年改知揚州

又曰只三朝四郡一聯道盡履歷

揚州謝到任表二首

臣軾言伏蒙聖恩除臣知揚州臣已於今月二十六日到任訖者支郡養痾裁能免咎通都移牧自愧何功屢玷恩榮實深慙汗臣某中謝伏念臣早緣竊祿稍習治民在先帝日已歷三朝近八年間復忝四郡平生所願滿足無餘志大才疎信天命而自遂人微地重恃聖眷以少安恭惟太皇太后陛下子惠萬民器使多士以謂

朝廷之德澤付於郡縣與監司乃眷江淮之間久罹水旱之苦隣封二浙飢疫相薰積欠十年豐凶皆病臣敢不上推仁聖之意下盡疲駑之心庶復流亡少寬憂軫臣無任

又

一麾出守方愧媮安十國爲連復膺寵寄恩榮旣溢慙汗靡寧臣某中謝伏念臣本以鯫生冒居禁從頃緣多病力求潁尾之行曾未半年復

五聯曰感激悲愴

有廣陵之請蓋以魚鳥之質老於江湖之間習與性成樂居其舊天從民欲許擇所安恭惟皇帝陛下欽明文思剛健純粹天功默運灼知萬化之情人材並收各取一長之用如臣衰朽尚未遐遺命至蹇而祿已盈每懷憂懼志雖大而才不副莫報恩私臣無任

六弘曰痛切懇至勝於路溫舒尚德緩刑書

謝賜卹刑詔書表二首

臣軾言伏蒙聖恩賜臣欽卹刑獄詔書一道者時令舉行雖云故事天心惻怛本出至誠德旣洽於好生民雖夥而無憾伏以刻木畫地志士不居鑠石流金平人猶病宜軫聖神之念實爲哀敬之先訓誥丁寧吏民感動恭惟皇帝陛下禹湯罪已堯舜性仁以不忍人之心行若稽古之政豈止緩獄實期無刑臣敢不推廣上恩厚

風俗於無犯申嚴法意消盜賊於未萌少假歲時庶空囹圄臣無任

又

暑雨其咨旣軫小民之病麥秋已至復虞輕繫之淹祗服訓詞灼知天意臣某中謝伏以仁聖之德哀矜爲先常內恕以及人故深居而念遠齋戒處掩則知暴露之勤紗絺袢延不忘縲絏之苦吏旣罔懈民知無冤恭惟太皇太后陛下

又曰長者之言

事法祖宗德参天地凱風養物散爲扇暍之涼
靈雨應時同沾執熱之濯臣敢不盡其哀敬濟
以寬明奉漢律之嚴毋令瘐死推慈母之意務
在平反庶竭愚忠少裨德意臣無任

麓屏曰讀衣金帶馬狀數篇可想長公儲材之富

謝除兵部尚書賜對衣金帶馬狀二首之一

伏以在笥之珎本出於民力朧騄之賜以結於士心顧臣何人屢膺此寵伏念臣學本爲巳材不適時乘佾厚之車雖云疾惡束公西之帶愧不能言而二年之間三拜是賜此葢伏遇太皇太后陛下心存社稷德協天人以長策駕馭四方以盛德藩飾多士故令衰朽猶玷光華豈曰

無衣蓋獨求於安吉慨然攬轡敢有志於澄清

臣無任

鑾屏曰通篇如伯牙鼓琴仰駟馬而舞玄鶴

謝兼侍讀表二首

伏奉制書除臣守兵部尚書兼侍讀者重地隆名不擇所付清資厚祿以養不才 中謝 伏念臣以草木之微當天地之澤七典名郡再入翰林兩除尚書三忝侍讀雖當世之豪傑猶未易居矧如臣之孤危其何能副恭惟皇帝陛下聖神格物文武憲邦重離繼明何煩爝火之助大廈既構尚求一木之支而臣白首復來丹心已折

望西清之帷幄久立徬徨聞長樂之鼓鐘怳如
夢寐莫報丘山之施猶貪頃刻之榮臣無任

又

流汗恩榮再詞莫獲強顏衰朽一節以趨臣軾
中謝恭惟先帝復六卿之名本欲後人識三代
之舊古今殊制閑劇異宜武選隸於天官兵政
總於樞輔故司馬之職獨省文書而師氏之官
職在論説命臣兼領聖意可知恭惟太皇太后

又曰此篇似遜前篇一籌

五雅曰説兵學處鑿〻

陛下約已裕民志家憂國知先王之兵必本於道德故以儒臣爲七兵知人主之學必通於民情故日郡守爲五學而臣迂疎不可強合早緣衰病難以久居終當自效於所長之間或可報恩於未死之日臣無任

五聚曰說兵學處鑿鑿

陛下約巳裕民志家憂國知先王之兵必本於道德故以儒臣爲七兵知人主之學必通於民情故目郡守爲五學而臣迂疎不可強合早緣衰病難以久居終當自效於所長之間或可報恩於未死之日臣無任

五聯曰雪止一聯描寫樂成景色即關郊祀意考事一聯係切進詩敘題有次

進郊祀慶成詩表

伏覩今月十四日郊祀禮成者親奠璧琮始見天地兼陳祖宗六廟之典參用漢唐三代之文夷夏來同人神允荅臣某中賀恭惟皇帝陛下聿追來孝對越在天外修神考之文章內服文母之慈儉四方觀禮百辟宅心雪止風恬驗神祇之來饗雲黃歲美知豐凶之在天臣以藝文入侍帷幄考事而知天意陳詩以達民言雖無

足觀。亦各其志。臣無任、

麓屏曰按元祐七年公自潁州改知揚州已而以兵部召復侍讀是年南郊爲鹵簿使尋遷禮部尚書兼端明侍讀二學士

謝除兩職守禮部尚書表

衰年自引久抱此心異數併加實爲非意辭不獲命愧何以堪臣軾中謝竊惟以殿命官本緣麟趾之舊因時修廢近正金華之名歷代所榮於今爲甚自元豐之末官制以來若非身兼數器之人未有名冠兩職之重而況秩宗之任邪禮是司豈臣迂愚所當兼領此蓋伏遇太皇太后陛下憂深社稷慮極安危求忠臣於愚直之

伯敬曰此便是一篇奏疏
麓屏曰不拘拘律對而音節鏗鏘風致飛迅且一段

中論治道於文字之外知臣難進而易退或非患失之鄙夫故授以禮樂清閑之司使專於論説琢磨之事此恩難報顧輸歲月之勤庶已所宜終遂江湖之請臣無任

又

備員西學已愧空疎易職東班尤驚忝冒遂領宗卿之事併爲儒者之榮臣軾中謝始臣之學也以適用爲本而耻空言故其仕也以及民爲

忠款委婉可掬

心而慙尸祿乃者屢請治郡兼乞守邊欲及殘
年少施實効而有志莫遂負愧何言今乃以文
字爲官常語言爲職業下無所見其能否上無
所考其幽明循省初心有靦面目故於拜恩之
日少陳有益之言孔子曰一言可以興邦而孟
子亦曰一正君而天下定昔漢文帝恍張釋之
長者之言則以德化民輔成刑措之功而孝景
帝入晁錯數術之語則以智馭物馴致七國之

禍乃知爲國安危之本秖在聽言得失之間恭
惟皇帝陛下即位以來學如不及問道八年寒
暑不廢講讀之官談王而不談霸言義而不言
利八年之間指陳文理何啻千萬雖所論不同
然其要不出六事一曰慈二曰儉三曰勤四曰
慎五曰誠六曰明慈者謂好生惡殺不喜兵刑
儉者謂約巳自省不傷民財勤者謂躬親庶政
不邇聲色慎者謂畏天法祖不輕人言誠者謂

又曰精於譬喻

推心待下不用智數明者謂專信君子不雜小人此六者皆先王之陳迹老生之常談言無新奇人所忽易譬之飲膳則爲穀米羊豕雖非異味而有益於人譬之藥石則爲芪朮參苓雖無近効而有益於命若陛下信受此言如御飲膳如服藥石則天人自應福祿難量而臣等所學先王之道亦不爲無補於世若陛下聽而不受受而不信信而不行如聞春禽之聲秋蟲之鳴

又曰轉入轉妙殆不可言

過耳而巳則臣等雖三尺之喙日誦五車之書反不如醫卜執技之流簿書犇走之吏其爲尺素飡有餘誅伏望陛下一覽臣言少留聖意天下幸甚

五聚曰長公生平涉歷盡于片楮尺幅閒

定州謝到任表

兵民重寄本禦侮以折衝疆埸久安但坐嘯而畫諾才微祿厚恩重命輕臣軾中謝伏念臣一去闕庭三換符竹坐席未暖召節已行筋力疲於往來日月逝於道路未經周歲復典兩曹朝廷非不用臣愚惷自不安位所宜竄逐更冒寵榮此蓋伏遇皇帝陛下離明正中乾健獨運追述東朝之遺意收此散材眷言西學之舊臣付

之善地。致此衰朽尚未棄捐臣敢不勤卹民勞

寄修邊備苟無大過以及朞年漸還魚鳥之鄉

以畢桑榆之景臣無任

按元祐八年宣仁后崩哲宗親政公乞補外以兩學士知定州　麓屏

六弘曰其數製居然商周間物

謝賜曆日表

夙頒温詔寵拜新書吏得承宣民知蚤晩臣軾中謝臣聞言天道者有數故閏以正時訓農事者在人則王無罪歳豈獨典常之舊必存忠利之心恭惟皇帝陛下輔相裁成聰明時憲居德刑於冬夏意與天同暨聲教於朔南責在臣等敢不時使薄歛思患預防勤卹鰥孤幸流亡之盡復兼明威惠庶戎夏以皆安臣無任

䕸屛曰語意妥切工典
又曰湊泊天然
又曰天驕一

謝賜衣襖表

十一月九日翰林醫官王宗古至伏蒙聖慈傳
宣存問賜臣等勑及初冬衣襖者齊官三服已
寬卒歲之憂漢札十行更佩先春之煖恩均吏
士聲動華夷臣軾中謝伏以禮著始裘詩歌無
褐邊陲更戍本爲臣子之常朔易早寒特軫聖
神之念惟德其物豈曰無衣恭惟皇帝陛下廣
運聰明力行恭儉威風旁振方戰栗於天驕温

聯雄壯

一葵曰自然合拍

詔下融遂流澌於河凍既無功而坐食實有愧於解衣敢不推廣朝廷之仁益收凍餒申嚴祖宗之法少肅惰媮庶收汗馬之勞以解濡鵜之誚臣無任

麓屏曰按紹聖元年公定州就任落二學士職知英州行至南康軍再貶寧遠軍節度副使惠州安置五聚曰余嘗讀公詩云飽喫惠州飯細和淵明詩便欠畏敬之意此表詞雖可憫非其心也公作韓公碑要觀南海寬衡湘是謫時

到惠州謝表

先奉告命落兩職追一官以承義郎知英州軍州事續奉告命責授臣寧遠軍節度副使惠州安置已於今月二日到惠州 公參訖者仁聖曲全本欲畀之民社羣言交擊必將致之死亡尚荷寬恩止投荒服臣軾 中謝 伏念臣性資褊淺學術荒唐但信不移之愚遂成難赦之咎迹其狂妄久合誅夷方尚口乃窮之時盖擢髮莫數

巽欲去國以齒名高千古也聖賢去魯去齊豈若是懟哉

一葵曰真是作家

卓吾曰可憐

其罪豈謂天幸得存此生此蓋伏遇皇帝陛下以大有爲之資行不忍人之政湯網開其三面舜干舞于兩階念臣奉事有年少加憐愍知臣老矣無日不足誅鋤明降德音許全餘息故使虺隤之馬猶獲蓋帷觳餗之牛得違刀几臣敢不服膺嚴訓託命至仁洗心自新沒齒無怨但以瘴癘之地魑魅爲隣衰疾交攻無復首丘之望精誠未泯空餘結草之忠臣無任

麓屏曰按紹聖四年五月告命謫授瓊州別駕昌化軍安置公隨即離惠州至昌化軍訖

到昌化謝表

竝鬼門而東騖浮瘴海以南遷生無還期死有餘責臣軾中謝伏念臣頃緣際會偶竊寵榮曾無毫髮之能而有丘山之罪宜三黜而未已跨萬里以獨來恩重命輕咎深責淺此蓋伏遇皇帝陛下堯文炳煥湯德寬仁赫日月之照臨廓天地之覆育譬之蠕動稍賜矜憐俾就窮途以安餘命而臣孤老無託瘴癘交攻子孫慟哭於

一葵曰愴然心悲

江邊已爲永別魑魅逢迎於海上寧許生還念報德之何時悼此心之永已俯伏流涕不知所云臣無任

鹿門曰一驚一喜
一癸曰兩襯字皆漢人語

提舉玉局觀謝表

臣先自昌化軍貶所奉勅移廉州安置又自廉州奉勅授臣舒州團練副使永州居住今行至英州又奉勅授臣朝奉郎提舉成都府玉局觀在外州軍任便居住者七年遠謫不自意全萬里生還適有天幸驟從縲紲復齒縉紳臣軾中謝伏念臣才不逮人性多忤物剛褊自用可謂小忠猖狂妄行乃蹈大難皆臣自取不敢怨尤

會眞人之勑與萬物而更始而臣獨在幽遠
寂爲寘頑迨茲起廢之初倍費生成之力終蒙
記錄不遂棄捐此葢伏遇皇帝陛下正位龍飛
對時虎變神武不殺豈非受命之符淸淨無爲
坐獲消兵之福聰明不作邪正自分使臣得同
草木之微共霑雷雨之解臣敢不益堅素守深
念往愆沒齒何求不猒飯蔬之陋葢棺未已猶
懷結草之忠臣無任

慰皇太后上仙表

伏覩正月十四日大行皇太后遺誥者慟發六宮悲纏九土奉諱哀殞不知所云臣軾 中謝 大行皇太后德冠三朝化行四海獨决大策措天下於太山之安退避東朝復明辟爲萬世之法奄終壽祿莫曉天心恭惟皇帝陛下仁孝自天哀傷過禮惟聖達節豈復行曾閔之難以民爲心則當法舜禹之大願少寬於追慕庶下答於

臣民臣以外郡居住不獲奔赴闕庭無任哀痛
隕越之至

饗屏曰此篇一句一轉五聯曰圓轉快便畧無一字餖飣殫极妙技

謝御膳表

臣伏蒙聖恩特賜寬假將理今月七日又再蒙中使臨賜御膳問其治療之增損督以朝參之日辰臣下履淵冰上負芒刺蹄涔雖小能延兩耀之光寸草何知莫報三春之澤正使豚魚幽陋木石堅頑亦將激勵忘軀奔走赴職而臣尚有無猒之請敢守不移之愚在法當誅原情可憫實以負薪之疾積以歲時勿藥之祥恐非旦

夕終願江淮之一郡以安犬馬之餘生尚兾此
身未填溝壑期於異日别效涓埃臣無任

五彩曰豐詞玉于毫端擲金聲于紙上

代滕達道景靈宮奉安表

衣冠出游巍乎宮闕之盛祖考來格爛然日月之明新禮光前彌文範後繼以作解之雷雨仍收繪像之子孫聳觀華夷淪浹枯朽竊以祀無豐疎祭不欲昵自仁率親故同宮而合享惟聖作則實考古而便今庶民子來五福交應蔚山河之增氣紛嶽瀆以來朝仙木蟠根五聖既聯於龍袞靈芝擢秀九莖復出於齋房皇帝陛下

舜孝格天堯文冠古損益漢唐之典故潤色祖
宗之規摹壽考萬年永作人神之主本支百世
共承宗廟之休臣出守遠方阻觀盛禮會祠壇
下莫覩煒然之光留滯周南竊與命也之嘆

麓屏曰激烈慷慨大類燕歌

又曰轉接處自有机神暗遁

代滕達道湖州謝上表

郡壓五湖城交二水既先世舊居之地亦年少初仕之邦父老縱觀不謂微臣之尚在吏民感涕共知洪造之難酬中謝臣聞忠臣可使死封疆而不能受無根之謗議志士本不求富貴而不能安有道之賤貧況臣早蒙希世之恩常有捐軀之意豈容曖昧略不辨明然疑似之難知實古今之通患漢文帝賢君也而不能信賈生

伯敬曰看他摇擺

之屈尹吉甫慈父也而不能雪伯奇之寃此小人譖夫所以得志而欺天忠臣孝子所以抱恨而入地况臣結累朝之深怨無半面之先容而訴章朝聞恩詔夕下歷數千載唯臣一人此蓋伏遇皇帝陛下妙物言神睿思作聖謂天蓋遠以窮呼而必聞如日之明雖浸潤而不受念兹七年之阨收之九死之餘臣敢不更勵初心馴啚後效老當益壯未甘結草之幽途死且不辭

尚欲據鞍于前殿。臣無任。

> 六弘曰起句莊嚴

> 麓屏曰日將旦句寓意自深

杭州賀冬表二首

月臨天統首冠于三正氣應黃鍾復來于七日君道浸長陽德光亨恭惟皇帝陛下清明在躬仁孝徧物垂衣南面天何言而四時成問孝西清日將旦而羣陰伏蠻夷奔走年穀順成豈惟四海之歡心自識三靈之陰贊臣祇膺詔命恪守郡符身雖在於江湖顔不忘於咫尺敢同率土惟祝後天臣無任

又

消長有時，候微陽之來復，賢愚同慶，知君子之彙征。德化所加，神人並應。恭惟太皇太后陛下，睿明天縱，慈儉身先，振海嶽以不傾，地無私載，順陰陽之自化，天且不違。成功巳陋于漢唐，論德蓋高于任姒。黃雲可望，共沾至治之祥；彤史何知，莫贊無爲之德。臣備員法從，祗役海隅，東閣拜章，阻陪於百辟；南山獻壽，徒頌於萬年。

麓屏曰出經傳

又曰天人感通至理如此

上皇帝賀冬表

易稱來復葢知天地之心禮戒無爲以待陰陽之定恭惟皇帝陛下堯仁冠古舜道通神種德兆民躬行文景之儉游心六藝灼知周孔之情人既和而歲自豐天不違而壽無極臣久緣衰病待罪江湖莫瞻北極之光但罄南山之祝

麓屏曰来得慨切

又曰酷似陳情表

英州謝上表

罪盈義絕誅九族以猶輕威震怒行寘一州而大幸驚魂方散感涕徒零伏念草芥賤儒岷峨冷族襲先人之素業借一第以竊名雖幼歲勤勞實學聖人之大道而終身窮薄常爲天下之罪人先帝念臣於衆怒必死之中陛下起臣於散官永棄之地恩深報蔑每憂天地之難欺福眇禍多是亦古今之罕有自悲棄物猶欲籲天

五駿曰此正言宣仁賢惠卿等制書

欒屏曰莊嚴偉麗

又曰此正言全臺事

惟上聖纂宗廟之圖方太毋聽簾帷之政招延
俊乂登進老成何期章句之諛才使掌絲綸之
要職凡一時黜陟進退之衆皆兩宮威禍賞福
之公既在代言敢思逃責苟不能敷揚上意尊
朝廷于日月之明則何以聳動四方鼓號令于
雷霆之震固當昭陳功罰直諭正邪豈臣愚敢
有於私心葢王言不可以匿旨當今之天奪其
魄但謂守官今日之臣肆其言期于必戮賴父

毋之深憫免子弟之偕誅罪雖駭於聽聞怒終
歸於寬宥不獨再生于東市猶令尸祿于南州（五聚曰指英州）
累歲寵榮固已太過此時竄責誠所宜然瘴癘
炎陬去若清涼之地蒼顔素髮誰憐衰暮之年
恩重丘山感藏骨髓此蓋伏遇皇帝陛下知惟
天錫行自生知巍巍繼大聖之神体孜孜盡二
宮之孝養深原心迹曲示哀矜臣實何人恩常
異衆在先朝偶脱其誅戮故此日復煩于典刑

叢屏曰即面
陳亦不過是

頑戾如斯生存何面臣敢不噬臍悔過吞舌知非革再三不改之愆庶萬一善終之望殺身莫喻敢懷窮困之憂守土非輕尚畀遐荒之俗儻沐先朝之化永惟結草之忠臣無任

按哲宗紹聖元年全臺復言蘇軾知制誥時撰呂惠卿誥詞謗訕先皇帝故黜軾知英州夫以代言得過呂之餘燄可畏哉余嘗誦烏臺詩案見公之以言得罪屢矣故畢仲游戒之以書文與可戒之以詩公不能用晚年自珠崖量移合浦鄗功父寄詩云君恩浩蕩似陽春海外移來住海濱莫向沙邊弄明月夜深無數採珠人其意亦深矣 五聯

六弘曰長公表如芙蓉出水天然去彫琢内一般與黄州謝表同意而造語廻殊益見筆端之妙

移廉州謝上表

使命遠臨初聞喪膽詔詞温厚亟返驚魂拜望
闕庭喜溢顔面否極泰遇雖物理之常然昔棄
今收豈罪餘之敢望伏膺知幸揮涕無從中謝
伏念臣頃以狂愚遽遭譴責荷先帝之厚德寬
蕭律之重誅投彼遐荒幸逃鼎鑊風波萬里歎
衰病以何堪煙瘴五年賴喘息之猶在憐之者
謂之已甚嫉之者恨其太輕考圖經止曰海隅

其風土疑非人世食有併日衣無禦冬淒涼百端顛躓萬狀恍若醉夢已無意于生還豈謂優容許承恩而近徙雖云僥倖實有夤緣此蓋伏遇皇帝陛下道本生知性由天縱舊勞于外爰及小人之依堪家多艱鑒于先帝之德奉聖母之慈訓擇正人而與居凡有嘉謀出于睿斷憫臣以孤忠援寡察臣以衆忌獲愆許以更新庶使改過天地有造化之大不能使人之再生父

母有鞠育之恩不能全身于必死報期碎首言豈渝心濯于淤泥已有遭逢之便擴開雲日復觀於變之時此生敢更求榮處世但知緘默臣無任

鶴屏曰此表如青松獨寉風韻幽遠
又曰真是寫生手

謝復賜看墳寺表

名書罪籍慚負明時恩念私塋特還舊刹九泉受賜荒隴生光伏念臣早以空疎叨居近密始終無補愚不自量恩禮誤加驟及既往一被黨人之目上遺先臣之憂舊恩已移沒齒何覬豈謂詔書一出舊物復還山隴絕芻牧之虞松檟變焦枯之色骨肉感涕里巷咨嗟伏遇皇帝陛下性仁無私聖孝不匱覽二帝初潛之地動一

夫失所之懷號令所加存歿感賴臣衰病已久

報國之日不長子孫在前教忠之心未替臣無

任